QUE MON SOUHAIT
SE RÉALISE

QUE MON SOUHAIT SE RÉALISE

Caroline Linden

TRADUCTION PAR
SOPHIE SALAÜN - ELAN&CO.

Ramène-moi à la maison
pour Noël

Guinevere Barrett veut absolument arriver chez sa grand-mère avant Noël. Après avoir perdu son emploi et volé un chat, elle a manqué la dernière diligence de son voyage, et se retrouve bloquée dans une auberge, jusqu'à ce que le capitaine Adrian Fitzhugh lui propose de l'emmener dans son attelage.

Adrian doit aussi rentrer en urgence chez lui, rappelé du front de la guerre en Espagne au chevet de son grand-père mourant. Il n'a pas vraiment besoin de prendre sous son aile une pauvre gouvernante, mais Gwen réussit à le faire sourire et rire, et même si son chat le fait éternuer, il la trouve de plus en plus fascinante à chaque kilomètre parcouru...

Alors qu'une tempête de neige survient et les bloque loin de chez eux, l'un avec l'autre, ils commencent tous deux à souhaiter que leur voyage ensemble ne fasse que commencer.

CHAPITRE 1

Après avoir été licenciée par son employeur, escroquée sur ses gages, obligée de marcher jusqu'à la ville avec sa valise, fessée par un ivrogne et même reléguée dans le coin le plus humide de la diligence avec Reginald qui hurlait dans son panier sur ses genoux pendant tout le trajet, Guinevere Barrett avait néanmoins conservé sa bonne humeur. Ce qui finit par la briser, ce fut de découvrir qu'en raison de la neige qui tombait à gros flocons, son véhicule avait été retardé et qu'elle avait manqué la dernière diligence pour Blackthorpe ce jour-là.

Elle éclata en sanglots.

La femme de l'aubergiste, voyant cela, se précipita avec un mouchoir.

— Tenez, ma chère, la consola-t-elle, éloignant Gwen de la porte qui s'ouvrait pour laisser entrer un autre voyageur.

— Que lui as-tu dit, Ned ?

— Seulement la vérité, protesta son mari. La diligence qui passe par Blackthorpe est partie il y a une heure, et la prochaine ne sera pas là avant demain après-midi.

Il tourna les talons. Il en avait déjà fini avec elle.

— Oui, monsieur? Vous voulez un autre équipage?

— Oh, bon sang! dit la femme avec un regard compatissant. Ce n'est vraiment pas de chance.

Gwen acquiesça, s'essuyant les yeux.

— Il en a été ainsi tout au long de l'année pour moi, répondit-elle avant de plier le mouchoir et de le rendre, ses larmes inutiles s'étant taries. Merci, madame. Y a-t-il un endroit où je pourrais rester en attendant la prochaine diligence?

Elle posa la question d'une voix hésitante, consciente de n'avoir pas beaucoup d'argent. Elle n'avait pas prévu ce voyage et n'avait donc pas économisé comme elle aurait pu le faire. Elle ne s'était pas attendue non plus à ce que son employeur la licencie sur-le-champ pour avoir demandé un congé de quinze jours, mais, à vrai dire, elle n'avait pas été très choquée lorsque sir Edmund avait ajouté qu'il ne lui verserait pas son salaire, puisqu'elle abandonnait son poste au pied levé.

Mais sa grand-mère était malade, très malade, et c'était la personne la plus chère au monde pour Gwen. Elle pouvait accepter de trouver un autre poste, même sans la référence que sir Edmund et lady Bradford auraient pu lui fournir, mais si quelque chose arrivait à Gran, et qu'elle n'était même pas là pour lui tenir la main... cela, elle ne pouvait le supporter.

L'aubergiste pinça les lèvres. Elle passa en revue les vêtements et le visage de Gwen, tirant sans doute des conclusions très précises.

— Il y a un grabat dans la cuisine, répondit-elle à contre-cœur. C'est le lit de la fille de salle, mais demain c'est son jour de congé, et elle rentrera chez elle ce soir. Ce n'est pas très privé, mais je pourrais vous le laisser pour deux shillings.

Deux shillings, plus les repas. Gwen tenta de masquer son désarroi et acquiesça.

— Merci, madame.

Le panier qu'elle tenait dans ses bras tressaillit et elle le serra plus fort. L'aubergiste fronça les sourcils.

— Y a-t-il un animal là-dedans ?

— Mon chat. Je vais l'emmener dehors, ajouta-t-elle rapidement devant l'expression de la femme.

— Ce serait mieux. Je ne peux pas avoir un chat qui court partout. Souhaitez-vous manger quelque chose ? Ou bien boire une tasse de thé ?

Pas si elle devait payer deux shillings pour dormir ce soir-là, plus le dîner plus tard et le petit déjeuner le lendemain matin.

— Merci, non, répondit-elle poliment. Je vais juste faire un tour dehors pour prendre l'air.

La propriétaire acquiesça et s'en alla. Gwen ressortit et traversa la cour en direction des écuries, où elle libéra Reginald de son panier. Le chat orange tigré bondit et s'étira si fort que ses pattes tremblèrent. Il lui jeta un regard mécontent avant de venir s'enrouler autour de ses chevilles.

— Je suis désolée, lui dit-elle. Tu vas devoir te débrouiller tout seul maintenant. Il y a une écurie juste là, sans doute pleine de souris dodues et savoureuses.

L'animal s'assit et la regarda avec impatience. Il s'était habitué à ce qu'elle sorte en cachette après les repas, avec quelques morceaux qu'elle avait gardés de sa propre assiette. Elle soupira en s'accroupissant pour lui gratter le cou.

— Je n'ai pas les moyens de payer le dîner, murmura-t-elle. Jusqu'à ce que nous arrivions chez Gran, tu devras faire semblant d'être un tigre redoutable, traquant sa proie.

Reginald s'étira et se frotta contre sa main, ce qui fit sourire la jeune femme en dépit de sa situation.

— Simplement... ne t'enfuis pas, et ne m'oublie pas.

Comme il faisait trop froid pour s'attarder dehors, elle repartit en direction de l'auberge. Une paire de cabriolets de voyage s'était récemment arrêtée et les chevaux étaient en train d'être dételés. Les postillons, quant à eux, se soufflaient sur les mains en se dirigeant vers la salle commune. Elle regarda ces voitures privées avec envie. C'était ainsi que les Bradford se déplaçaient. Ils laissaient généralement leurs cinq enfants à la maison, sous la garde de Gwen, mais elle avait vu leur véhicule lorsqu'ils étaient allés à Bath ou à Londres. Il était bien plus confortable que la diligence publique, c'était certain.

Alors qu'elle se glissait à nouveau dans la chaleur de la salle bondée, elle se dit que les Bradford allaient souffrir de l'avoir renvoyée. Ils avaient prévu d'aller à Bath après l'Épiphanie, dans quelques semaines, et ils n'avaient plus de gouvernante pour s'occuper de leurs enfants. Gwen avait promis de rentrer de chez sa grand-mère avant, mais sir Edmund s'était mis en colère et lui avait interdit de revenir si elle partait. Comme elle s'était directement rendue dans sa chambre pour faire ses valises, elle n'avait pas été témoin de la réaction de lady Bradford à cette nouvelle, mais elle pouvait l'imaginer. Gwen ne jubilait pas vraiment, mais cela lui procurait une certaine satisfaction de penser que son renvoi aurait des conséquences fâcheuses pour sir Edmund.

En cette journée glaciale, tout le monde était rassemblé près de la cheminée. Gwen trouva un siège dans le coin derrière la porte, où le vent glacial faisait vibrer les vitres en forme de losange au-dessus de sa tête, produisant un léger bourdonnement. Elle serra son manteau autour d'elle, posa sa valise et le panier de Reggie à ses pieds, puis appuya sa tête contre le mur à côté d'elle, soudainement très fatiguée. La journée avait été longue, même s'il était à peine midi passé. La pièce sentait la soupe au poulet, le pain au levain et la bière, ce qui fit gargouiller son estomac. Peut-être que, si elle dormait assise sur cette chaise, elle pourrait dépenser une partie de ses maigres économies pour dîner...

L'aubergiste s'approcha rapidement et posa un plateau avec une tasse de thé fumante devant elle. Gwen, surprise, leva la tête.

— Oh! Je n'ai pas...

— Le gentleman là-bas m'a demandé de l'apporter, dit la femme, tout en ramassant des tasses et des verres vides sur la table voisine.

Elle repartit avec son plateau avant que Gwen puisse lui poser la moindre question.

Elle se pencha en avant, et jeta un coup d'œil vers l'endroit indiqué par la femme. Il y avait foule dans cette direction, juste à la gauche du feu, mais ce devait être l'homme qui mangeait. En tout cas, c'était le seul qui semblait avoir perçu son regard, et qui leva les yeux. Elle lui montra sa tasse et articula « merci » en silence. Il esquissa un sourire fugace et hocha la tête poliment avant de se replonger dans son repas.

Gwen but le thé. Il était fort et chaud, et elle inspira la vapeur qui s'en dégageait, savourant la chaleur sur ses joues. Lady Bradford l'aurait réprimandée pour avoir accepté un cadeau de la part d'un homme inconnu... Gwen stoppa le cours de ses pensées et sourit. L'opinion de cette femme n'avait plus d'importance. C'était là le rayon de soleil qu'elle avait cherché au milieu de sa sombre journée.

Il ne fit que brûler plus fort quand l'aubergiste revint avec un bol de soupe.

— C'est aussi de la part du gentleman, annonça-t-elle en le posant sur la table.

Bouche bée, Gwen se tourna vers l'homme. Cette fois, il ne la regarda pas; il semblait lire une lettre, sa tête brune inclinée sur les papiers qu'il tenait à la main.

Je crois que je suis amoureuse, se dit-elle, incapable de s'empêcher de porter une cuillerée à sa bouche avec une hâte maladroite. C'était chaud et délicieux, même si cela manquait de sel et contenait plus d'oignons que de poulet. Elle faillit lécher le bol quand elle eut tout terminé.

Lorsque l'homme près de la cheminée se leva de table, elle était prête. Alors qu'il traversait la pièce, elle remarqua qu'il portait une veste militaire écarlate sous l'écharpe brune enroulée autour de son cou. Il régla sa note et se dirigea vers la porte, où Gwen l'intercepta.

— S'il vous plaît, monsieur, je dois vous remercier, dit-elle.

Elle tendit une main pour le retenir. Il prit un long manteau à un crochet sur le mur, puis le passa sur ses épaules.

— La tenancière de l'auberge m'a dit que vous m'aviez envoyé le thé et la soupe, et je ne saurais vous dire à quel point cette gentillesse me touche.

Il lui adressa un petit sourire. C'était un bel homme, bien que fatigué et sale. De près, elle voyait la poussière dans les plis de son manteau, et sa barbe d'une journée sur sa mâchoire. De longs cheveux noirs retombaient sur son front, au-dessus de ses yeux bruns et chaleureux.

— C'était un plaisir, mademoiselle, répondit-il. Vous sembliez bouleversée à mon arrivée.

Gwen rougit. Ce devait être l'homme qui était entré pendant qu'elle sanglotait dans le mouchoir de l'aubergiste.

— J'ai connu une déception, reconnut-elle. Je m'en suis remise, à présent.

Le regard de l'homme devint perçant.

— Vous allez à Blackthorpe?

Elle cligna des yeux et enroula ses mains dans les plis de sa pelisse.

— Oui. Mais je suis arrivée trop tard pour prendre la diligence.

Il acquiesça.

— Ce véhicule part souvent en avance. Je l'ai moi-même manqué plusieurs fois.

— Ah oui? s'enquit-elle en le regardant attentivement, puis elle détourna vite les yeux. Si seulement je l'avais su!

Elle s'efforça de parler d'un ton léger lorsqu'elle poursuivit.

— Certes, cela ne m'aurait pas beaucoup aidée, mais je ne

me serais sans doute pas effondrée si j'avais su que cela pourrait arriver.

— Effondrée ? répéta-t-il, souriant d'un air perplexe. Manquer une diligence et se retrouver coincé ici pour la nuit justifie une certaine indignation et un certain désarroi. J'espère que votre voyage n'est pas excessivement urgent.

Elle se mordit la lèvre.

— Je vais voir ma grand-mère. Un jour de retard constitue un inconvénient, mais... commença-t-elle, puis elle s'interrompit. Mais vous avez très aimablement amélioré ce désagrément. Merci encore, monsieur. Je vous souhaite un bon voyage.

L'homme s'inclina.

— Je vous souhaite la même chose, madame.

Il attendit qu'elle recule, mit son chapeau dont il effleura brièvement le bord et sortit à grands pas.

Gwen se retira dans le coin qu'elle avait précédemment occupé. Elle était plus à l'aise maintenant qu'elle n'avait plus faim, et le repas, tout comme la gentillesse de l'homme, l'emplissait d'une sensation de chaleur. Il devait être arrivé dans l'un des cabriolets de voyage qu'elle avait vus dehors, puisqu'il n'était pas présent dans la diligence avec elle. Il était tout à fait inattendu qu'un tel homme remarque une pauvre gouvernante assise seule dans un coin, et encore plus qu'il paie son dîner. Mais Gran croyait en de telles personnes, des héros ordinaires, comme elle les appelait, qui rendaient un petit service, qui représentait peu pour eux, mais qui était énorme pour le bénéficiaire.

Elle soupira et serra les bras autour du panier vide de Reginald. Elle n'avait plus faim à présent, mais la journée et la nuit allaient être longues en attendant la berline. Elle avait fait ses valises si vite qu'elle n'avait pas eu le temps de récupérer tous ses livres dans la salle de classe des Bradford. Elle avait ses deux romans préférés dans sa valise, mais n'avait pas envie de les relire pour l'instant. Elle doutait qu'il y en ait d'autres à lire ici. Peut-être quelqu'un jetterait-il un journal.

La porte s'ouvrit à nouveau, envoyant un tourbillon d'air froid autour de ses chevilles. Gwen tressaillit, puis se redressa. C'était le gentil gentleman. Elle se rendit compte qu'il était officier en repérant la tresse dorée sous sa cape quand il s'arrêta devant elle.

— Je me dirige également vers Blackthorpe, lui dit-il d'un ton brusque. J'ai de la place dans mon cabriolet. Voudriez-vous venir avec moi ?

CHAPITRE 2

Adrian Fitzhugh avait du mal à croire ce qu'il était en train de faire.

Elle pleurait à chaudes larmes lorsqu'il était entré dans l'auberge, et cela avait dû éveiller en lui un instinct protecteur, ou peut-être de la pitié.

Ou plutôt de la folie.

C'était une parfaite inconnue pour lui, même si elle avait nommé le village où il se rendait. Ses vêtements étaient convenables, mais simples, et il avait perçu l'hésitation dans sa voix lorsqu'elle s'était renseignée pour une chambre. Il l'avait également entendue refuser un repas, mais avec une pointe d'envie, qui s'était accrochée à son esprit comme un caillou dans sa chaussure.

Mais, payer un repas à une jeune femme sans le sou était une chose, proposer de la ramener chez elle en était une autre.

Certes, c'était une jeune femme très séduisante. Ce n'était pas comme s'il ne l'avait pas remarquée, puisqu'il l'avait observée en cachette depuis l'autre côté de la pièce. De grands yeux noisette, des boucles brillantes couleur miel... Elle s'était choisi un coin tranquille dans la salle, un endroit au frais près de la porte, plutôt que d'essayer de s'installer au coin du feu comme la plupart des gens l'avaient fait, et elle avait eu l'air bien abattue.

Mais son cabriolet de voyage n'était pas grand, il était extrêmement fatigué, et il devait rejoindre Blackthorpe le plus rapidement possible. Pourquoi diable faisait-il cela ?

Elle le fixait de ses grands yeux noisette, ses lèvres roses s'écartant sous l'effet de la surprise. *Tu vois !* se fustigea-t-il, *même elle pense que tu es fou.* Si elle avait un peu de bon sens, elle dirait non, bien sûr. Elle n'allait pas monter dans le véhicule d'un inconnu et le laisser l'emmener…

— Oh ! Monsieur, c'est… vrai… vraiment très généreux, balbutia-t-elle. Je ne pourrais pas…

Acquiesce et va-t'en, se dit-il.

— Je rentre aussi chez moi pour voir mon grand-père, s'entendit-il dire à la place. Il est malade, comme votre grand-mère. Je ne supporterais pas d'être obligé de retarder mon voyage d'une journée entière.

Lentement, elle referma la bouche. Elle l'étudia, puis hocha la tête une fois.

— Oui, s'il vous plaît.

Le cœur d'Adrian bondit, même s'il se disait qu'il était complètement fou. Il se baissa pour ramasser sa valise usée.

— Oh ! oh, zut ! s'exclama-t-elle.

Elle était debout à présent, et elle cramponnait un large panier, mais elle hésitait, l'air anxieux.

— J'ai un chat, lança-t-elle à brûle-pourpoint. Je ne peux pas le laisser…

Pas un chat ! Les chats le faisaient éternuer. Il observa son visage plein d'espoir, mais inquiet, et lui dit :

— Récupérez-le rapidement. Les chevaux attendent.

Le sourire qu'elle lui adressa lui fit l'effet d'un coup dans la poitrine. Elle le contourna et franchit la porte sans un mot de plus. Il aperçut brièvement ses chevilles fines lorsqu'elle releva ses jupes pour se mettre à courir. L'aubergiste le remarqua, et elle adressa un regard acerbe à Adrian. Il la salua en touchant son chapeau, puis il referma la porte derrière lui.

Plusieurs kilomètres les séparaient encore de Blackthorpe. Il scruta le ciel en marchant vers le cabriolet. Ses bottes crissaient sur la fine couche de neige qui était tombée depuis son arrivée. S'il avait fait beau, il se serait attendu à être rentré pour l'heure du dîner. Ce jour-là, il n'en était plus si sûr.

Il mit la valise de la jeune femme dans la malle du cabriolet.

— Un instant, dit-il au postillon qui se tenait à côté de la tête des chevaux, les mains glissées sous les coudes pour se réchauffer.

— Nous ne pouvons pas attendre longtemps dans ce froid, le prévint l'homme.

Adrian regarda autour de lui et finit par apercevoir la jeune femme, à quatre pattes devant l'écurie. Elle semblait plaider, et, finalement, un gros chat orange apparut et sauta dans son panier. Adrian détourna son regard de son postérieur joliment galbé. Elle était encore en train de tâtonner avec les sangles du panier lorsqu'elle se précipita à ses côtés.

— Je suis prête ! s'exclama-t-elle, à bout de souffle.

Le froid avait fait apparaître des taches roses sur ses joues, et ses yeux brillaient d'une lueur d'impatience.

— Très bien, lui dit-il, et il l'aida à monter dans le cabriolet, en essayant de ne pas laisser sa main s'attarder sur son dos.

Il adressa un signe de tête au postillon, déjà en selle, et grimpa dans le véhicule. Il était encore en train de fermer la portière lorsque les chevaux se mirent en route, secouant la tête et s'ébrouant contre le froid.

GWEN N'ARRIVAIT PAS à croire qu'elle faisait cela.

Elle venait de monter dans une voiture avec un homme

inconnu et de partir, seule avec lui, vers on ne savait où. Elle n'avait que sa parole qu'il se rendait à Blackthorpe ; elle n'avait même pas pensé à demander au postillon où ils allaient. Non pas que le domestique pouvait être considéré comme une présence objective ou même bienveillante, puisqu'il était payé par l'inconnu.

Mais elle n'aurait pas été mieux lotie en refusant, car elle aurait dû passer la nuit seule dans une auberge qui ne lui était pas familière, et peut-être dormir dans la salle commune. Au matin, elle n'aurait toujours pas d'argent ni de compagne de voyage, et elle avait appris qu'une diligence publique n'offrait aucune protection contre les attouchements, les regards indiscrets et le harcèlement en général.

Elle lança un regard de côté à son compagnon. Le cabriolet n'était pas très grand, mais il restait le plus possible de son côté du véhicule. Il se débattait actuellement avec une couverture épaisse, qui lui donnait du fil à retordre dans l'espace exigu.

— Merci, monsieur. Je n'aurais sans doute pas dû accepter, mais... je voulais *désespérément* retourner auprès de Gran, lui dit-elle, inclinant la tête. Comment avez-vous su qu'elle était malade ?

Il fronçait furieusement les sourcils en regardant la couverture.

— Vous pleuriez, répondit-il distraitement. À cause du retard. J'ai deviné qu'une raison urgente devait vous pousser à entreprendre un long voyage à cette époque de l'année, par ce temps, et cela m'a semblé être une raison plausible.

Il tendit les bras et les secoua vigoureusement, et la couverture finit par se défaire en plis lâches. Il s'éclaircit la gorge, puis la déplaça vers elle avec des gestes prudents.

— Tenez, lui dit-il. Les briques chaudes ne tarderont pas à refroidir.

Elle n'avait même pas remarqué les briques chaudes sous ses pieds. Se sentant encore mieux disposée à son égard, elle enroula la couverture autour d'elle, et se rendit alors compte que c'était la seule.

— Oh, non! s'exclama-t-elle, inquiète. Vous allez avoir froid.

Il enroula son long manteau gris autour de lui.

— Sottises! Après avoir dormi dans une tente dans les montagnes espagnoles, ce véhicule est remarquablement douillet.

— Oh! répondit-elle, hésitante. Je ne connais même pas votre nom. Je suis Mlle Guinevere Barrett.

Il lui adressa à nouveau ce petit sourire fugace.

— C'est un plaisir de faire votre connaissance, mademoiselle Barrett. Capitaine Fitzhugh, à votre service.

Elle rougit lorsqu'il attrapa ses doigts et les serra brièvement.

— Barrett...

Il ne quittait pas son visage des yeux. Ils étaient d'un brun foncé, comme le café, et son regard était chaleureux.

— Je ne connais pas ce nom. Votre famille est-elle installée depuis longtemps à Blackthorpe?

Elle souffla.

— Non. C'est seulement ma grand-mère qui vit là-bas, avec sa sœur, à Larkspur...Cottage. Je n'y suis jamais allée.

Adrian haussa les sourcils.

— Je pensais que vous étiez très proche d'elle...

— Oh, je le suis! lui assura-t-elle. Elle m'a élevée depuis mes douze ans. Ma mère est morte, et mon père... Disons qu'il n'était pas préparé ou capable d'élever seul une fille. Alors, il m'a laissée avec Gran à Norwich.

Elle marqua une pause, se rappelant qu'il était un inconnu et que sa vie ne l'intéressait sûrement pas. Mais pour une raison quelconque, elle se surprit à la lui raconter malgré tout.

— C'était ce qu'il y avait le mieux pour nous tous. Mon grand-père était mort l'année précédente, et je pense que je devais distraire Gran de son absence, même si ce n'était pas toujours pour des raisons admirables.

Elle grimaça et laissa échapper un petit rire triste en l'admettant. Son compagnon acquiesça.

— C'est un âge difficile, même sans perdre un parent... et c'est pire lorsqu'on a perdu les deux.

La gorge de Gwen se serra un instant. Oui, elle avait perdu son père aussi, à cause de la bouteille de gin dans laquelle il s'était réfugié après la mort de sa femme. Elle ne voulait pas y penser maintenant.

— Je n'ai pas pu rendre visite à Gran souvent ces dernières années. Elle n'aimait pas être seule, une fois que j'ai grandi, et elle est allée vivre avec sa sœur à Blackthorpe.

— Cela, je le comprends, répondit-il, lui souriant à nouveau.

Il avait un sourire très chaleureux. Une belle bouche. Elle se surprit à sourire à son tour.

— Mon père est mort quand j'avais à peu près cet âge, et mon grand-père a dû prendre le relais également, avec mon frère et moi. Nous étions de vrais petits diables, j'en ai bien peur, et nous aurions rendu notre mère folle, expliqua-t-il avec un regard malicieux.

Ses yeux sombres brillaient et elle sut tout de suite à quoi il devait ressembler enfant, lorsqu'il essayait d'échapper à une punition pour avoir fait une farce.

— Grâce à ce bon vieux Bonaparte, je n'ai pas non plus vu mon grand-père depuis quelques années.

— C'est terrible, dit-elle sincèrement.

— Non, non. Nous avons repoussé les Français hors de la Péninsule. Grand-père approuvera fortement.

— Oh! C'était une très bonne chose, dit-elle rapidement. Mais je regrette qu'il ait fallu en arriver là, éloigner tant d'hommes comme vous de leur famille.

— C'est vrai, confirma-t-il, puis il se déplaça, se tournant un peu plus vers elle. Mais c'est ce que font les hommes de ma famille. Tous les seconds fils, en tout cas. Nous partons à la guerre.

Un deuxième fils. Pas l'héritier, l'enfant important, mais un enfant secondaire. Gwen hocha la tête, sachant ce qu'il devait ressentir. Les filles étaient encore moins importantes que les seconds fils.

— Vous plaisez-vous dans l'armée ?

Le capitaine posa sur elle un regard appuyé, puis son expression se détendit.

— Oui... ou du moins, je m'y plaisais. Depuis mon enfance, j'ai toujours voulu rejoindre l'armée, comme mon père. Il était capitaine de dragons, et je n'ai jamais vu de meilleur officier. C'était la seule chose que je voulais, suivre ses traces...

À son expression, Gwen devina ce qui s'était passé.

— Je suis vraiment désolée, dit-elle d'une voix douce.

Il détourna le regard.

— Merci, répondit-il, avant de marquer une pause. C'était à Bergen, aux Pays-Bas. Ils ont écrit à mon grand-père que c'était une balle française qui l'avait tué. À partir de ce moment-là, j'ai décidé de combattre ce peuple.

Il s'interrompit une nouvelle fois, puis il afficha un sourire ironique.

— Qui aurait cru que nous serions encore en train de combattre les Français, toutes ces années plus tard ?

— Qui, en effet ? murmura Gwen. Pardonnez-moi si je me montre trop audacieuse, mais... cela doit être *effroyable*, d'être si loin, de savoir que vous ne rentrerez peut-être jamais chez vous, et que votre seule raison d'être est de tuer d'autres hommes comme vous, qui doivent aussi aspirer à rentrer chez eux pour retrouver leur famille.

Le visage du capitaine se durcit.

— Si ces Français ne voulaient pas être arrachés à leur

famille et envoyés tuer d'autres hommes, ils auraient dû rester chez eux et ne pas suivre ce maudit Bonaparte dans sa campagne de destruction à travers l'Europe. Les Espagnols et les Portugais n'ont pas demandé à voir leurs pays envahis, pillés et saccagés, leurs citoyens massacrés et tués ! s'exclama-t-il, puis il aperçut les yeux écarquillés de la jeune femme et s'éclaircit la gorge. Je ne prétends pas que l'armée britannique soit pure et noble, mais, dans cette guerre, nous sommes un moindre mal.

Gwen ne savait pas quoi dire. Sans un mot, elle toucha la main gantée du capitaine, et, à sa grande surprise, il attrapa sa main et la serra fort, juste un instant, avant de la lâcher. Elle avait voulu s'excuser d'avoir évoqué de telles pensées, mais elle avait l'impression qu'il avait réagi avec gratitude, comme si cela le réconfortait.

— Mes excuses, marmonna-t-il, puis il prit une grande inspiration et poursuivit sur un ton plus calme. Oui, la guerre est atroce. L'armée se fiche éperdument de notre confort personnel et organise souvent des marches très longues par des temps très durs. Une semaine, vous êtes trempé, soumis à des averses bibliques, obligé de traverser des rivières en crue, et vous êtes persuadé que vous ne serez plus jamais complètement sec. La semaine suivante, il fait une chaleur accablante et vous vous languissez d'un simple filet d'eau pour humidifier votre mouchoir. Il y a rarement assez à manger, sans parler d'un plat aussi délicieux que chez soi, jamais d'endroit confortable pour dormir et presque rien pour se divertir. En somme, une entreprise bien pénible.

Il poussa un grand soupir moqueur.

— Je suis très contente que vous soyez rentré, remarqua Gwen d'une voix douce et sincère, sans se laisser abuser par sa gaieté forcée.

Il lui adressa un petit sourire, puis s'étira et se déplaça sur son siège.

— Moi aussi. Ou presque rentré, en tout cas.

Il tourna la tête pour étouffer un bâillement derrière son poing.

Ils roulèrent en silence pendant un moment, les paroles du capitaine ayant ébranlé Gwen. En comparaison de ce qu'il avait vu, perdre un poste de gouvernante devait sembler un problème insignifiant. Lorsqu'elle coula un regard vers lui, il apparut que le capitaine s'était endormi, affalé contre le côté du cabriolet.

Elle l'étudia à la dérobée. Il avait l'air épuisé. Elle avait déjà remarqué la poussière dans les plis de son manteau, et, soudain, elle se demanda s'il arrivait *tout droit* d'Espagne. Il disait rentrer à la hâte pour voir son grand-père, qui était malade. Il devait s'agir d'une maladie grave pour ramener un soldat de la guerre à la maison, malgré les tempêtes hivernales et le blocus naval.

Elle éprouva un nouvel élan de gratitude envers lui pour avoir proposé de l'emmener, et résolut d'être aussi discrète que possible. Elle s'installa contre la paroi opposée et ferma les yeux.

Chapitre 3

Gwen se réveilla en sursaut lorsque Reggie s'agita dans son panier, le faisant violemment tanguer sur ses genoux. Elle se redressa, agrippant le panier pour l'empêcher de tomber. Chassant le sommeil d'un battement de cils, elle jeta un coup d'œil par la vitre, inquiète de voir la neige tomber aussi dru à présent. Elle dut laisser échapper un bruit de consternation, car le capitaine prit la parole.

— La situation a empiré au cours de la dernière demi-heure. Jusque-là, nous progressions correctement.

Gwen étouffa un bâillement, puis secoua vivement la tête. Elle n'avait pas eu l'intention de s'endormir.

— Pensez-vous que nous serons en mesure d'aller jusqu'à Blackthorpe ?

Il soupira, étirant ses pieds bottés.

— Je l'espère.

Gwen acquiesça, puis se tourna vers la vitre. Elle avait dû s'assoupir pendant un bon moment, car le ciel s'était assombri.

— Je dois m'expliquer pour la façon dont j'ai parlé tout à l'heure, dit l'homme à côté d'elle. Je ne voulais pas me montrer dur.

— Oh! Non, murmura-t-elle. Je ne vois pas comment vous pourriez parler de la guerre sans être dur.

Il esquissa un léger sourire.

— Il suffit de se lamenter sur la nourriture et le temps. Cela fait bien longtemps que je n'ai pas eu le plaisir de parler à une dame plutôt qu'à d'autres soldats.

Elle lui répondit par un sourire.

— Et cela fait longtemps que je n'ai pas eu le plaisir de parler avec un autre adulte, plutôt qu'avec des enfants.

Il remua sur son siège, l'air soudain perplexe.

— Combien d'enfants avez-vous?

Gwen rougit.

— Oh! Aucun à moi. Je suis gouvernante... *J'étais* gouvernante, se corrigea-t-elle.

S'il remarqua sa gêne, il n'y réagit pas.

— Quelle profession admirable! Et presque aussi pénible que l'armée, je parierais.

Gwen ne put s'empêcher de rire.

— Sottises! Enfin... je n'ai jamais été dans l'armée, mais j'adore les enfants. Il y a quelque chose de merveilleux à voir la joie sur leurs visages lorsqu'ils comprennent enfin la géométrie, ou lorsqu'ils se rendent compte qu'ils peuvent tenir une conversation entière en français, ou encore lorsqu'ils ont dessiné quelque chose de vraiment beau. Personne au monde n'est plus enthousiaste qu'un enfant qui vient d'acquérir une nouvelle compétence, et personne n'est plus fier que son entourage. Je me considère chanceuse d'avoir eu à ma charge des enfants brillants et curieux. Ma famille actuelle...

Elle s'interrompit. Les Bradford n'étaient plus sa famille actuelle.

— Ma dernière famille, poursuivit-elle prudemment, avait deux garçons et trois filles, de très bons enfants. Ils me manqueront tous.

Mais pas leurs parents, songea-t-elle, mais ne le dit pas.

— Et maintenant, vous en avez assez d'élever les enfants de quelqu'un d'autre ?

Gwen afficha un sourire ironique.

— Les enfants étaient la meilleure partie de l'affaire. Je..., s'interrompit-elle, marquant une pause, la gorge nouée. J'ai demandé un congé pour rendre visite à ma grand-mère, et j'ai été renvoyée sur le champ.

Elle refusait de pleurer à nouveau. Non seulement c'était inutile et pathétique, mais cela ne servait plus à rien désormais : elle était en chemin, et elle serait bientôt auprès de Gran, grâce au capitaine.

— Le bon côté des choses, c'est que je peux maintenant passer Noël avec ma grand-mère sans avoir à me hâter de rentrer.

— C'est un avantage important qui ne doit pas être négligé, convint-il.

Gwen était reconnaissante qu'il suive son exemple et ne s'attarde pas sur le fait qu'elle avait été licenciée, même si elle avait cru voir ses yeux s'embraser à ce mot. Comme lui, elle préférait que leur conversation reste enjouée et non pas trop sérieuse.

— Voyagez-vous déjà depuis longtemps ?

— Depuis Salisbury.

— Salisbury ! Cela fait au moins deux jours de voyage !

D'où sa situation financière précaire. Gwen acquiesça.

— Exactement. Deux jours très longs et éprouvants.

Adrian acquiesça.

— La route est très longue et éprouvante depuis Salisbury.

Surprise, elle éclata de rire.

— Une très longue route ? Alors que vous revenez d'Espagne, de la guerre, et que vous avez enduré de nombreux dangers en chemin jusqu'ici ? Salisbury ne semble pas si loin, en comparaison.

— Mais j'étais seul, et je n'étais responsable que de moi-même.

Il inclina la tête vers le panier, qui continuait à vaciller d'avant en arrière, tandis que Reginald tournait en rond, agité.

— Je l'ai volé, admit-elle.

Elle plaqua une main sur sa bouche, mais c'était trop tard. Elle se mit à rire, puis, quand le capitaine se joignit à elle, elle fut incapable de s'arrêter.

— Il se trouvait dans l'écurie de mon employeur, finit-elle par expliquer quand elle se calma. Il y avait beaucoup de chats, et le palefrenier en chef menaçait d'en noyer plusieurs, parce qu'ils effrayaient les chevaux. Celui-ci est très docile, et je ne supportais pas l'idée qu'il puisse s'en emparer pour le noyer, car il aurait été facile à attraper. Je l'ai donc pris avec moi.

— Ils vous étaient redevables, répondit Adrian d'un ton ferme. Renvoyer quelqu'un juste avant Noël !

— Et sans me verser mon dernier trimestre de salaire, ajouta-t-elle.

Elle souleva le couvercle et glissa une main dans le panier. Reggie poussa aussitôt sa tête contre ses doigts et se mit à ronronner bruyamment tandis qu'elle lui grattait les oreilles.

— Cependant Reggie constituait une bonne compensation.

— Reggie ?

Gwen rougit.

— Sir Reginald Arthur Louis, lord Chasseur de Souris.

Le capitaine haussa les sourcils.

— J'ignorais totalement que j'invitais une compagnie aussi prestigieuse à partager mon véhicule.

Reggie sembla prendre cela pour une invitation. Il bondit hors du panier et atterrit sur les genoux du capitaine, qui poussa un cri de surprise. Gwen haleta et s'emmêla dans la couverture en essayant d'attraper son chat. Reggie se déroba en sautant sur le plancher de l'attelage, où il dut être accueilli par une bouffée d'air glacial. Ses oreilles se plaquèrent contre son crâne, et il bondit pour se réfugier sous la couverture qui recouvrait les pieds de Gwen. Comme cela ne fonctionnait pas, il s'enroula autour des bottes du capitaine en miaulant bruyamment.

— Je suis vraiment désolée! Reggie, arrête ça, fichue créature! bredouilla Gwen.

Elle essayait de s'emparer du chat, tout en étant entravée par la couverture du cabriolet et le panier avec son couvercle, qui rebondissait maintenant dans tous les sens. Elle heurta la portière avec son coude et poussa un cri en tombant presque de son siège alors qu'elle plongeait derrière le chat.

— Halte! aboya le capitaine.

Gwen se figea à cet ordre. S'emparant du panier d'une main et du couvercle de l'autre, il le poussa vers Reggie, qui s'y précipita aussitôt. Le capitaine referma ensuite le rabat et tendit le tout à la jeune femme.

Elle l'accepta, le cœur battant la chamade.

— Merci. Vilain chat! murmura-t-elle en serrant le panier contre elle.

— Êtes-vous blessée?

Elle secoua la tête, puis souleva avec précaution le couvercle du panier. Recroquevillé en boule à l'intérieur, Reggie la regarda, les yeux presque noirs, puis il ouvrit la bouche et bâilla largement.

— Voilà qui répond à ma prochaine question, remarqua le capitaine Fitzhugh. Faites attention à vos manières, lord Chasseur.

Gwen éclata d'un rire nerveux en refermant le panier, puis elle boucla la sangle sur le couvercle.

— Il a été très patient jusqu'à présent! Il n'a pas demandé à être enfermé dans un panier pendant deux jours d'affilée. Si quelqu'un essayait de me le faire, je le grifferais probablement à la moindre occasion.

— Peut-être attendait-il désespérément une chance de s'échapper. Peut-être les chats ont-ils entendu le palefrenier en chef menacer leur vie et étaient-ils affolés, cherchant comment se sauver. Lorsque vous êtes venue avec votre panier, il a saisi l'occasion de s'enfuir.

Gwen y réfléchit.

— Voilà qui fait beaucoup de réflexion et de préparation pour un chat.

— Ce sont sûrement des créatures intelligentes, n'est-ce pas, si elles ont réussi à survivre ? Si j'étais un chat vivant dans une écurie où je risquais à tout moment d'être piétiné par un cheval, je sauterais sans hésiter sur l'occasion de m'enfuir dans un joli panier bien chaud, en compagnie d'une jeune femme gentille comme vous.

Elle lui adressa un regard chargé d'ironie.

— Il n'a pas sauté sur l'occasion. J'ai dû l'attirer dans le panier avec des morceaux de bacon.

Il prit un air entendu.

— Pas étonnant alors qu'il ait bondi. Le bacon est le chemin qui mène au cœur de n'importe quel homme !

Gwen éclata de rire.

— Il doit donc se sentir très malheureux, car je n'ai rien eu à lui donner à manger depuis ce matin.

— Il ne semble pas affaibli par la faim.

— Mais je l'ai quand même emmené sans lui demander s'il souhaitait venir, et c'est sûrement mon devoir de m'occuper de lui en compensation, expliqua-t-elle avant de poser la main sur la manche du capitaine, sur une impulsion. Merci de m'avoir permis de l'amener.

Le bras du capitaine Fitzhugh se crispa. Son sourire disparut et il se détourna d'elle pour regarder par la vitre.

— Vous voudrez peut-être réserver vos remerciements, lui dit-il. Je crois que nous nous arrêtons.

CHAPITRE 4

A drian avait un mauvais pressentiment.

Heureusement, ce n'était pas le même pressentiment qu'en Espagne, alors qu'il faisait route vers la côte et la marine anglaise, guettant à chaque instant les guérillas ou des soldats français égarés. Mais la vitesse de l'attelage, qui n'avait jamais été très vive au départ, avait chuté de manière abrupte.

Il avait exprimé au postillon sa volonté de se hâter. Il avait payé une prime pour avoir de nouveaux chevaux à chaque halte. Et maintenant, ils avançaient plus ou moins au rythme d'une jeune mariée nerveuse remontant l'allée lors de son mariage.

Il ouvrit la vitre, laissant entrer une bouffée de neige tourbillonnante. À côté de lui, Mlle Barrett recula et se blottit dans son manteau. Se penchant, il constata avec inquiétude que la neige s'était épaissie. La croupe des chevaux en était couverte, et le postillon n'était guère mieux loti.

En fait, sous ses yeux, l'un des chevaux trébucha, son flanc gauche s'inclina, et le postillon les fit arrêter. Il se tourna sur sa selle et regarda en arrière.

— Le chemin est difficile, lança-t-il. Nous n'atteindrons pas Blackthorpe à ce rythme.

Bon sang !

— Jusqu'où pouvons-nous aller ?

Le postillon leva une main et regarda d'un côté à l'autre. La lumière ambiante était grise et terne, et il était impossible de déterminer les distances dans la neige qui tombait. Cela faisait quatre ans qu'Adrian n'était pas venu par ici, et il se rendit compte qu'il n'avait pas la moindre idée de l'endroit où ils se trouvaient.

— Haughley, dit enfin le postillon. Le *Black Hart*.

— Très bien.

Il connaissait ce nom, même si cela faisait des années qu'il ne s'y était pas aventuré. Il se rassit et referma la vitre.

— Nous devons nous arrêter.

Gwen inspira nerveusement.

— La neige est-elle trop épaisse ?

Le véhicule se remit en marche, lentement et de façon saccadée.

— Je crois que la route est verglacée, ou peut-être trop accidentée, dit Adrian, essayant de résister à la frustration qui l'envahissait.

Il ne lui restait plus que seize kilomètres à parcourir, alors qu'il en avait tant parcouru au cours de la semaine écoulée. Comment une tempête de neige pouvait-elle le contrecarrer maintenant ?

Mlle Barrett se mordit la lèvre.

— Bien sûr, nous ne devons pas prendre ce risque. Les chevaux ne méritent pas cela.

Il se sentit démesurément heureux qu'elle ait pensé aux chevaux plutôt qu'à son propre désir d'atteindre Blackthorpe.

— Le postillon dit que nous nous arrêterons au *Black Hart*. Quitte à être retardés, au moins, nous serons au chaud et bien nourris.

Gwen acquiesça, mais elle semblait inquiète. Adrian se souvint de l'état critique de sa bourse. Il était sur le point de la rassurer, mais il décida ensuite qu'il paierait simplement la note le moment venu. Sans lui, elle ne serait pas là.

— Il semblerait que notre relation ne soit pas aussi brève que prévu. Je suis désolé pour ce contretemps.

— Oh, non! s'exclama-t-elle, touchant à nouveau sa manche, légèrement et brièvement.

Adrian remarqua qu'elle le faisait sans réfléchir. Mlle Barrett était une femme affectueuse, semblait-il. Il se demanda si cela venait du fait qu'elle était gouvernante. Elle avait parlé avec tendresse des enfants dont elle avait la charge.

— Vous n'avez pas à vous excuser! En fait, c'est moi qui devrais m'excuser d'avoir accepté votre aimable invitation. Il aurait été bien plus confortable pour vous de voyager sans moi.

— Mais pas aussi agréable, la coupa-t-il aussitôt. Cela me manque d'avoir le loisir de converser avec quelqu'un.

— Et je vous ai raconté comment j'ai volé un chat!

— Une remarquable histoire de courage et d'audace, dit-il. Vous m'avez tenu en haleine!

Gwen rit à nouveau. Adrian se rendit compte que c'était un son qu'il aimait vraiment. Cela faisait longtemps qu'il n'avait pas ri, et encore moins avec une jolie femme. En fait, maintenant qu'il avait pu l'observer de près, il se disait qu'elle était remarquablement belle, surtout quand elle posait sur lui ses yeux brillants...

C'est alors qu'il gâcha le moment en éternuant. Et encore.

Lorsqu'il se redressa, il constata qu'elle lui tendait un mouchoir. Il secoua la tête, tapotant ses propres poches, mais il dut finalement accepter le sien.

— Merci, dit-il d'une voix rauque en s'essuyant les yeux après un troisième éternuement.

Elle l'observa, hésitante.

— Ce n'est pas Reggie, n'est-ce pas?

Adrian secoua la tête, puis éternua à nouveau.

— Non, non. Une vieille blessure de cricket, rien de plus. Elle se manifeste de temps en temps de manière étrange.

À en juger par la façon dont elle pinçait la bouche, elle ne croyait pas un mot de ces balivernes... mais Adrian était surtout très séduit par la forme de ses lèvres. Elle ne discuta pas, mais elle déplaça le panier du chat sur le plancher, et étendit la couverture par-dessus.

— Connaissez-vous le *Black Hart* ?

— Euh... Pas vraiment. J'ai été absent pendant longtemps.

Il se rappelait vaguement la fois où il y était allé avec des amis de l'université qui l'avaient accompagné à Highvale pendant les fêtes. Une serveuse blonde et une note incroyablement élevée étaient les seules choses dont il se souvenait clairement. Son ami Jeremy Hanson avait décrété qu'ils allaient fleureter et boire en remontant la côte, et c'était ce qu'ils avaient fait.

Jeremy Hanson, qui avait acheté sa commission la même année qu'Adrian, et qui était mort lors de la désastreuse retraite à La Corogne, en Espagne.

Mlle Barrett sembla se rendre compte que son moral baissait. Elle écarta le rideau à côté d'elle et jeta un coup d'œil par la vitre.

— La neige diminue, remarqua-t-elle. Peut-être pourrons-nous continuer, après tout.

— Peut-être, répéta-t-il, essayant de se changer les idées. Le postillon va faire un arrêt pour prendre deux nouveaux chevaux, et nous devrions pouvoir prendre une décision à ce moment-là.

— Bien sûr.

Elle s'enfonça dans son siège, résignée.

— Parlez-moi de votre grand-mère, suggéra Adrian, qui ne prenait que des respirations superficielles pour éviter d'éternuer à nouveau.

Il ne voulait pas penser à Hanson ni aux autres compagnons qu'il avait perdus. Il soupçonnait fortement qu'ils seraient bloqués au *Black Hart* pour la nuit, et il ne voulait surtout pas envisager que son grand-père puisse mourir à Highvale pendant qu'il était retenu.

L'expression de Gwen s'adoucit.

— Ma grand-mère est une femme merveilleuse. Elle confectionne les meilleurs biscuits au sherry que j'aie jamais goûtés. Chaque année, pour mon anniversaire, elle me coud une nouvelle robe, et elle est très habile pour trouver la couleur ou le style qui me plaira. Une année, elle m'a posé d'innombrables questions sur les oiseaux, et, à partir de là, elle a déduit que j'aimerais une robe bleue avec des rubans verts.

— L'avez-vous aimée ? s'enquit-il, frappé par la lumière affectueuse dans les yeux de la jeune femme.

Mlle Barrett éclata de rire.

— *Oui !* Elle correspondait parfaitement à mes goûts, et je l'ai portée jusqu'à ce qu'elle tombe en lambeaux. Mais comment a-t-elle pu déduire cela uniquement avec des *oiseaux...*

— Peut-être savait-elle depuis le début ce que vous aimeriez, et parlait-elle simplement d'oiseaux pour détourner votre attention, suggéra-t-il.

Elle afficha un sourire nostalgique.

— Je suis persuadée que c'est le cas, mais elle a refusé de l'admettre ! Non, elle a affirmé qu'elle savait que je voulais du bleu parce que j'aime le roucoulement des colombes, qu'elle savait comment broder l'ourlet parce que je n'aimais pas les corbeaux, et que les rubans verts étaient dus, apparemment, à mon émerveillement devant l'envol d'un groupe d'hirondelles.

— Une volée.

— Comment ?

— Un groupe d'hirondelles s'appelle une volée, expliqua-t-il d'un air penaud, haussant les épaules tandis qu'elle clignait des yeux. J'ai eu un tuteur qui était également un ornithologue passionné.

— Oh! Je ne le savais pas!

— Une gouvernante ne peut pas connaître tous les sujets.

Le sourire de Gwen vacilla, puis il revint, mais plus hésitant, comme si elle cachait ses sentiments.

— Bien sûr! Encore une fois, vous me rendez service.

Doux Jésus. Peut-être ne voulait-elle pas être gouvernante. Ou peut-être que si, mais elle était préoccupée par la recherche d'un autre poste; elle avait expliqué avoir été licenciée du dernier. Cela impliquait qu'elle n'aurait pas de références, compliquant ainsi la recherche d'un bon poste, ce qui pouvait s'avérer ruineux. Et voilà qu'il abordait de nouveau le sujet!

Il s'en voulait de l'avoir contrariée. Adrian se pencha en avant et écarta le rideau de son côté. À son plus grand soulagement, il aperçut l'enseigne du *Black Hart*, avec la silhouette d'un cerf noir.

— Ah! Nous sommes arrivés.

Gwen ne dit rien, et le cabriolet grinça en tournant dans la cour. Adrian enfila ses gants et sauta à terre à l'instant où le véhicule s'arrêta. Il se retourna pour voir Mlle Barrett. Le visage tourné, elle pliait soigneusement la couverture. Le panier à ses pieds oscillait violemment.

— Allez-y, monsieur, lui dit-elle. J'ai juste besoin d'un moment pour m'arranger.

Il faisait trop sombre pour qu'il puisse voir clairement son visage, mais Adrian craignit instantanément qu'elle ne soit en train d'essuyer des larmes. Il acquiesça et tourna les talons. Il annonça au postillon qu'il partait en avant pour réserver des chambres, et il lui demanda d'aider sa compagne de voyage lorsqu'elle serait prête. Il se dirigea vers l'auberge, faisant tournoyer sa cape autour de lui, se maudissant d'avoir trop parlé.

Cela faisait longtemps qu'il n'avait pas discuté avec une belle femme. À présent, la raison lui en apparaissait clairement.

CHAPITRE 5

Gwen prit quelques respirations profondes en pliant la couverture du cabriolet en un carré bien net. Ce commentaire ridicule sur les hirondelles était exactement le genre de chose que Gran aurait dit, sans crier gare. Cela lui donnait le mal du pays, la rendait anxieuse et l'emplissait de gratitude envers le capitaine qui lui offrait une place dans son véhicule de voyage. Sans lui, elle aurait été bloquée à Ipswich, affamée, et presque sans le sou.

Elle était toujours presque sans le sou, mais, grâce au capitaine Fitzhugh, elle se trouvait désormais à seulement quelques kilomètres de Gran. Même si elle devait dépenser le peu d'argent qui lui restait ici, il lui avait rendu un immense service.

— Allons-y, Reggie, dit-elle au chat qui miaulait dans son panier. Et tiens-toi bien! Je crains que tu ne fasses éternuer le capitaine, ce qui est très impoli alors qu'il a été si gentil avec nous.

Elle descendit et constata que les chevaux avaient déjà été dételés et emmenés. La neige n'était plus composée de flocons légers, mais s'était transformée en amas de neige mouillée. Le postillon, se déplaçant avec raideur, époussetait la neige de son manteau et de son chapeau. Elle le remercia et demanda à un palefrenier qui passait par là si elle pouvait aller libérer Reggie dans l'écurie. Il haussa les épaules et acquiesça, puis s'éloigna avec son cheval couvert de neige. Gwen emporta alors son panier qui s'agitait dans une stalle vide, puis ouvrit le couvercle.

— Tiens-toi bien, sir Reginald, murmura-t-elle alors qu'il bondissait et se précipitait derrière un seau d'eau pour la fixer d'un regard offensé. Je suis désolée. Je vais essayer de t'apporter quelque chose de bon.

Elle se précipita vers l'auberge, rentrant le menton pour se protéger de la neige fondue glacée. Quand elle arriva à la porte, son visage était engourdi et mouillé, et elle se jeta presque à l'intérieur. C'est alors qu'elle heurta le capitaine Fitzhugh, qui se tenait à seulement quelques centimètres de la porte. Il se retourna pour la stabiliser en plaçant une main sous son coude.

— Qu'est-ce qui ne va pas ? demanda-t-elle en voyant sa mine déconfite.

Ses yeux sombres parcoururent la salle à leur gauche.

— Il semblerait que mes souvenirs de cet endroit soient dépassés.

Gwen regarda à son tour. L'endroit était bondé et exigu, empestait la vieille bière, la laine mouillée et l'odeur suffocante de la sueur. Une misérable lanterne, dont le verre était jauni par la saleté et la fumée, était suspendue au-dessus de leurs têtes. L'odeur des bougies au suif imprégnait l'atmosphère, et plus d'un homme semblait avoir déjà consommé une bonne quantité d'alcool. C'était bruyant et tapageur, et, instinctivement, elle se rapprocha un peu du capitaine Fitzhugh.

— L'aubergiste dit qu'il n'y a pas de chambres disponibles, expliqua-t-il en se penchant pour approcher sa bouche de son oreille.

Des hommes dans le bar chantaient très faux ce qui

ressemblait à une ballade de marins. Ils semblaient passablement ivres.

— Oh!

Gwen tressaillit quand quelqu'un éclata de rire. Un client renversa une chope de bière et il y eut une bousculade et des jurons. Une femme pressée arriva à grands pas, des assiettes empilées dans les mains. Elle s'arrêta net en apercevant Gwen.

— Vous n'avez pas dit que vous aviez une femme avec vous, lança-t-elle au capitaine d'un ton accusateur.

Aussitôt, celui-ci passa son bras autour des épaules de Gwen et la rapprocha de lui.

— Vous n'avez pas posé la question. Vous avez sûrement quelque chose de convenable pour une lady. Nous apprécierons grandement tout ce que vous pourrez faire.

Gwen, surprise, ne dit rien.

— Je vous l'ai déjà dit, la tempête a pris tout le monde au dépourvu, répliqua la femme.

Elle était plus tendue que fâchée, et elle avait l'air épuisée.

— Nous sommes pleins à craquer.

Un homme sortit en titubant du bar, bousculant la propriétaire et tâtonnant avec les boutons de son pantalon. Il attrapa un pot sous une chaise, se pencha, et Gwen entendit le bruit caractéristique d'un homme qui se soulageait.

Le capitaine adressa à la logeuse un regard éloquent.

— Rien du tout?

Elle déplaça son poids d'une jambe sur l'autre. L'une des assiettes posées sur son bras bascula et un filet de sauce coula sur son poignet, la faisant sursauter.

— Laissez-moi réfléchir un instant, dit-elle en s'esquivant pour entrer dans la salle commune.

Gwen osa jeter un coup d'œil au capitaine. Son regard était fixé sur la tenancière, qui se déplaçait dans la salle en posant brusquement les assiettes sur les tables. Son bras était toujours autour d'elle, la tenant étroitement contre lui. Elle aurait sans doute dû s'en formaliser, mais ce n'était pas le cas. Non seulement il était assez imposant pour dissuader tout homme qui voudrait l'importuner, mais il était chaleureux, robuste et sentait bien meilleur que cette auberge. Si elle tournait légèrement la tête vers la droite, elle pouvait percevoir une odeur de bois de santal qui s'accrochait à son manteau, et qui aidait à masquer l'odeur aigre de la bière... et maintenant de l'urine.

L'homme derrière eux poussa un gémissement. Le flot s'était réduit à quelques gouttes; il reposa alors le pot et reboutonna vraisemblablement son pantalon. Il passa devant eux, et jeta un second regard à Gwen, l'air intéressé.

— Bonsoir, beauté, bredouilla-t-il.

— Bonsoir, répondit le capitaine d'un ton égal, maintenant fermement son bras autour de la jeune femme.

L'homme le regarda, hocha la tête, puis il repartit dans la salle commune.

— Nous ne pouvons pas rester ici, dit le capitaine à voix basse.

Gwen était tout à fait d'accord avec cela, mais elle ne voyait pas beaucoup d'autres solutions.

— Suggéreriez-vous de dormir dans les écuries? murmura-t-elle. Y a-t-il une autre auberge en ville?

— J'en doute.

— Alors, quel choix avons-nous?

Il hésita, et l'aubergiste sortit en trombe de la salle commune. Elle se figea à leur vue, puis fit un brusque mouvement de tête.

— Par ici.

Elle les fit patienter debout dans un couloir exigu près de la cuisine. L'odeur était un peu meilleure ici, même si la chaleur était accablante. Gwen leva à nouveau les yeux vers le capitaine.

— Qu'espérez-vous?

Il baissa la tête.

— Peut-être un pasteur compatissant qui aurait quelques chambres libres? Ou une vieille dame veuve heureuse de gagner quelques shillings pour la nuit.

Elle acquiesça, mais avec un sentiment d'appréhension. De toute évidence, le capitaine avait plus d'argent qu'elle, et, même s'il lui proposait de payer pour elle, elle répugnait à accepter davantage sa charité.

Cependant, le tumulte dans la salle commune ne s'était pas calmé, et l'idée de rester assise là toute la nuit n'était pas très réjouissante, surtout s'il allait passer la nuit au chaud dans la chambre d'amis d'une vieille veuve.

Il sortit sa montre, et Gwen aperçut le cadran. Il était à peine seize heures, même si elle avait l'impression qu'ils avaient quitté Ipswich des jours plus tôt. Certes, Gwen s'était levée à cinq heures du matin pour prendre la malle-poste, et, la veille, le voyage depuis Salisbury avait également été long.

La logeuse revint.

— Quelques habitants accueillent parfois une ou deux personnes chez eux. Je ne garantis pas qu'ils auront de la place, mais c'est votre meilleure chance de ce côté-ci de Bury St Edmunds. Je peux envoyer le palefrenier se renseigner une fois qu'il aura terminé ses tâches.

— Bien sûr.

Le capitaine se déplaça, se rapprochant de l'aubergiste, et Gwen, sentant ce qu'il faisait, détourna le regard, mal à l'aise. Elle entendit le murmure de sa voix et le tintement des pièces, puis la femme acquiesça en souriant. Quelqu'un cria, et elle repartit dans la cuisine.

— J'ai fait de mon mieux pour la presser, mais cela pourrait prendre un certain temps avant que le garçon ait des nouvelles, déclara le capitaine. Voulez-vous que nous nous asseyions? Vous devez avoir envie d'une tasse de thé.

Gwen esquissa un sourire.

— Oui.

Elle résolut de payer pour leurs thés à tous les deux, cette fois.

Il suspendit leurs manteaux et ouvrit la voie vers la salle commune, se faufilant à travers la foule d'hommes rassemblés autour de la longue table à tréteaux près du feu. Il trouva une place libre sur un banc dans le coin sous les fenêtres, et fixa les deux hommes assis à proximité jusqu'à ce qu'ils se déplacent à contrecœur. Le capitaine Fitzhugh fit avancer Gwen vers le coin de la pièce et se plaça entre elle et le reste des clients. Il leva une main, et l'aubergiste hocha la tête pour lui signifier qu'elle l'avait vu.

Gwen détacha sa coiffe et la retira. Elle avait eu un mauvais pressentiment, qui se confirma quand elle l'étudia : la toile rigide était mouillée et le bord avait commencé à s'affaisser.

— Elle semble avoir subi des dommages, remarqua le capitaine.

— De sérieux dommages, acquiesça-t-elle, retournant la pauvre coiffe. Hélas. Peut-être ma grand-mère m'en offrira-t-elle une nouvelle pour Noël.

— Oh! s'exclama-t-il, surpris. J'avais oublié Noël.

— C'est dans plus d'une semaine, lui dit-elle. Il reste encore du temps.

Il eut l'air dépité.

— Pas beaucoup. Je n'aurai de cadeaux pour personne.

— Je suis certaine que votre présence sera un cadeau plus que suffisant pour votre famille, protesta Gwen.

Il fit une grimace.

— Un plaisir bien éphémère, comparé à une nouvelle coiffe que l'on peut porter pendant un an ou plus!

— Oh, non! répliqua-t-elle, agrippant sa main presque férocement. Vous étiez parti à la guerre. Vous voir rentrer chez vous sain et sauf après cela vaudra mieux que cent nouvelles coiffes!

Il parut un peu surpris par son emportement, mais il serra les doigts de la jeune femme avant de les relâcher.

— Peut-être. J'espère que ce sera le cas, même si cent coiffes, c'est bien ambitieux. Je sais que ce sont des accessoires très importants, et je ne voudrais pas viser trop haut.

— Mieux que *vingt* des coiffes les plus à la mode en Angleterre, argumenta-t-elle avec ferveur.

Le capitaine éclata de rire, ce qui fit sourire Gwen, qui se sentit irrationnellement ravie de l'entendre.

L'aubergiste s'avança tant bien que mal dans la salle bondée jusqu'à eux et posa une petite théière, une tasse, une chope pleine de mousse et un verre de vin sur la table. Gwen se servit une tasse et la rapprocha de son visage, respirant avidement la vapeur. Elle but son thé pendant que le capitaine avalait sa bière.

Il se pencha pour lui parler.

— Avez-vous faim?

Elle hésita, mais la soupe qu'elle avait bue à Ipswich remontait à longtemps. Elle acquiesça. Il fit à nouveau signe à la tenancière, et le temps que Gwen finisse sa tasse de thé, deux bols de ragoût de lapin avaient été déposés sur leur table. Il n'était pas aussi bon que la soupe, mais c'était chaud et nourrissant. Lorsqu'elle repoussa son bol avec un soupir satisfait, le capitaine avait déjà terminé le sien. Il s'adossa sur le siège en bois dur, la tête contre le rebord de la fenêtre derrière lui, les yeux fermés.

Le pauvre homme. Il avait fait la guerre, il avait dormi dans les montagnes espagnoles, avant de se hâter de rentrer chez lui auprès de son grand-père malade. Manifestement, il avait eu l'intention de voyager rapidement et confortablement, dans son propre cabriolet de voyage équipé de briques chaudes et d'une couverture. Au lieu de cela, il était coincé avec elle, et avec Reggie, qui le faisait éternuer, dans cette auberge malodorante et bondée, sans un lit où dormir. Et il ne s'était pas départi de sa bonne humeur ni de ses bonnes manières.

Gwen se leva doucement de son siège, mais le capitaine ne bougea pas. Elle ramassa la vaisselle sur leur table et l'apporta à la cuisine, puis elle s'éclipsa pour aller se soulager. Lorsqu'elle revint, il avait étendu ses jambes sous la table, mais sinon, il n'avait pas bougé. Gwen trouva la tenancière et lui demanda une couverture, qu'elle lui remit plus volontiers qu'elle ne s'y attendait.

— J'ai envoyé le jeune Bobby se renseigner pour les chambres, ajouta-t-elle. Dites-le à votre mari.

Gwen ne prit pas la peine de la corriger, puisque le capitaine ne l'avait pas fait plus tôt.

— Merci, lui dit-elle, et elle revint auprès de lui.

Il dormait toujours, la tête basculée sur le côté. Gwen roula le bout de l'épaisse écharpe brune qu'il portait encore, et la cala sous sa joue. En dehors d'un froncement de sourcils, il n'eut aucune réaction. Dans sa poitrine, un sentiment protecteur se déploya. Cet homme s'était montré très gentil avec elle, et il lui avait offert sa protection. Le moins qu'elle pouvait faire en retour était de veiller à ce qu'il soit confortablement installé pour dormir.

Dans ce coin, la chaleur n'était pas aussi étouffante, le vent se glissait dans les moindres interstices des vitres et faisait vaciller la lanterne qui les surplombait. Mais l'air était frais et, lorsque Gwen drapa la couverture sur le capitaine, celui-ci soupira de contentement.

Elle reprit sa place dans le coin, nichée entre lui et le mur, avec de l'air frais sur le visage; la longue journée commença à la rattraper elle aussi. Malgré les dires de l'aubergiste, aucun jeune homme ne s'était présenté dans la salle commune, et la tenancière elle-même courait toujours, servait, nettoyait et secouait la tête à l'intention des clients. Les paupières lourdes, Gwen appuya son épaule contre le mur d'angle.

Rien que quelques minutes de repos, se dit-elle, et ce fut la dernière chose dont elle se souvint.

CHAPITRE 6

Adrian se réveilla, la tête posée sur le sein d'une femme, la main sur sa cuisse.

La sensation était absolument merveilleuse, et il inspira, pressant son visage contre la chair douce et chaude. Son cerveau n'arrivait pas à déterminer à qui appartenait cette poitrine, mais elle sentait très bon. Lorsqu'il remonta sa main le long de sa cuisse, elle remua et ses jambes s'écartèrent légèrement; les doigts du capitaine glissèrent d'eux-mêmes entre elles. Il laissa échapper un faible grognement involontaire d'appréciation. Il ne s'était pas réveillé auprès d'une femme depuis sa brève liaison avec Paloma, une beauté espagnole qui avait permis à ses troupes de s'abriter dans le jardin de sa *finca* en Andalousie, deux ans auparavant.

Et il ne devrait pas être en train de coucher avec une femme maintenant. Cette pensée surgit dans son esprit lorsque la femme en question s'agita à nouveau, et il se souvint brusquement de qui elle était. Il leva la tête et regarda Mlle Barrett au moment où elle ouvrait ses yeux noisette dorés.

Elle ne se renfrogna pas, se contentant de le regarder d'un air endormi. Ses boucles blondes comme le miel retombaient autour de ses joues et elle était tout aussi séduisante que son parfum, les joues rougies, languissante. Adrian se rendit compte qu'elle s'était endormie appuyée dans un coin et qu'il était tombé directement sur elle. Pendant un moment, il ne bougea pas, ne sachant pas comment se dégager. Lentement, il se redressa, écartant tardivement sa main de la cuisse de Gwen. Elle était entièrement vêtue, mais il avait senti son intimité et sa chaleur, et toute sa main le picotait.

Il s'éclaircit la gorge, et elle cligna des yeux pour se réveiller. Heureusement, une couverture était posée sur lui et dissimulait son érection douloureuse. Il fit mine de sortir sa montre à gousset tout en ajustant discrètement son pantalon. À côté de lui, bien *trop près* de lui, elle se redressa et poussa un léger soupir. Du coin de l'œil, il vit que le tissu autour de l'encolure de sa robe s'était déplacé et qu'elle essayait de le rentrer dans son corsage. Il avait appuyé son visage sur les renflements nus des seins de la jeune femme.

Doux comme de la soie contre sa joue.

— Il est dix-neuf heures, lui annonça-t-il sans la regarder.

Ils étaient là depuis trois heures. Depuis combien de temps dormait-il sur elle? Comment était-ce arrivé? Il ne se rappelait même pas avoir fermé les yeux. Il ne pouvait se défaire de la sensation et du parfum de sa peau. Et il ne pouvait s'empêcher de se demander quel en serait le goût.

— Je me demande si ce garçon a trouvé quelque chose.

— Oh! dit-elle, la voix rauque, et elle s'éclaircit la gorge. Oui, je me le demande aussi.

— Je vais, euh... Je vais aller me renseigner.

Il se leva, lui offrit la couverture sans la regarder, et traversa rapidement la salle à la recherche de l'aubergiste.

— Oh! dit-elle quand il finit par la retrouver. Je ne voulais pas vous réveiller, tous les deux. M. Kittridge a une chambre libre à vous prêter, à vous et à votre femme. Il est pasteur à St Mary, à un kilomètre et demi d'ici en remontant la route.

Cette fois, les mots « votre femme » résonnèrent dans son cerveau. Il avait laissé passer avant, pour la protection de Mlle Barrett, mais, maintenant, il avait placé sa main entre ses cuisses et sa bouche presque sur son doux sein. Adrian essaya de ne pas y penser et de se concentrer sur le fait qu'il avait trouvé un lit chaud pour la nuit.

— D'accord, dit-il. Parfait.

Il enfila son manteau et se rendit à l'écurie sous une averse de neige fondue, où le postillon lui annonça sans détour qu'il ne prendrait pas de risques avec ses chevaux par ce temps, même pour un court trajet jusqu'au presbytère. Après une longue discussion, le maître d'écurie accepta à contrecœur de lui prêter un cheval, mais à condition qu'Adrian le ramène à son écurie le soir même.

— Je ne suis d'accord qu'à cause de votre dame, le prévint-il. Il fait vraiment un temps à ne pas mettre le nez dehors, mais Jeannie dit qu'elle n'a pas de chambre, et le *Hart* peut être un peu trop animé en cas de tempête.

— Compris.

Adrian retourna dans la salle commune et y trouva une Mlle Barrett un peu troublée, mais elle croisa son regard et afficha un sourire de soulagement lorsqu'il lui annonça qu'ils avaient une chambre, ainsi qu'un cheval pour les y emmener.

— Je ne crois pas que nous puissions transporter les deux valises et sir Reggie, lui dit-il.

— Ce n'est rien. Je peux rassembler quelques affaires essentielles, et récupérer le reste, ainsi que Reggie, dans la matinée, le rassura-t-elle, puis elle lui prit la main. Merci, capitaine, de vous donner tant de mal pour moi. Vous seriez tout à fait en droit de me laisser et de poursuivre votre propre voyage. Je sais que vous êtes également impatient d'arriver à Blackthorpe…

Il agita sa main libre.

— Je ne vous abandonnerai certainement pas maintenant ! Sans moi, vous seriez confortablement en train d'attendre à

Ipswich, où l'auberge n'empeste pas la bière renversée et les urinoirs!

Gwen éclata de rire et rougit. Adrian se demanda si elle était consciente qu'elle lui tenait toujours la main.

— J'apprécie cela plus que les mots ne pourraient l'exprimer.

— J'espère que vous le penserez toujours après notre promenade, répondit-il. Nous allons être trempés.

Elle rit à nouveau.

— Après la journée que nous avons passée, je m'en rendrai à peine compte!

Pendant un moment, il resta là, perdu dans la chaleur éblouissante de son sourire. Qu'une femme puisse rire et prendre cette mésaventure à la légère le stupéfiait. Il alla ensuite régler la note et découvrit qu'elle l'avait déjà fait, alors qu'il était dans les écuries. L'aubergiste hocha brièvement.

— C'est une lady très polie et douée de bon sens, dit-elle en guise d'approbation. Si seulement plus de gens étaient comme elle.

— Je suis d'accord, acquiesça-t-il au bout d'un moment.

Mlle Barrett n'avait pas beaucoup d'argent, mais elle lui avait payé son dîner et sa bière. *Après* qu'il s'était endormi sur elle, et qu'il avait posé sa main sur sa cuisse.

Il la retrouva qui l'attendait près de la porte, déjà vêtue de son manteau. Elle tenait sa coiffe par les rubans, mais elle avait l'air déterminée et joyeuse. Il résolut de la conduire saine et sauve jusqu'à la porte de sa grand-mère, aussi vite qu'il le pourrait, et quoi qu'il lui en coûte.

— Je suis prête à affronter les éléments, annonça-t-elle, serrant son manteau avant de poser sa coiffe abîmée sur sa tête.

Le capitaine enfonça son chapeau sur son crâne, puis ouvrit la porte pour Gwen.

— Alors, allons-y.

La neige mouillée avait cédé la place à une pluie battante et

glaciale, et des flaques d'eau envahissaient la cour. Ils se précipi-
tèrent à l'écurie, où le palefrenier avait sellé un hongre brun.
Après un bref arrêt au cabriolet pour récupérer ce dont ils
avaient besoin pour la nuit, et une dernière question sur la
direction à prendre, Adrian se mit en selle. Le grand cheval se
déplaça sous lui tandis qu'il s'installait. Mlle Barrett attendait,
son baluchon sous un bras. Il remarqua son expression
méfiante, et il comprit qu'elle n'avait pas l'habitude de monter
à cheval.

— Je pense que vous serez mieux devant moi, lui dit-il.

Au moins, il pourrait l'empêcher de tomber, si elle était
devant.

— Vous savez mieux que moi. Je me fie à votre jugement.

Le palefrenier la hissa sur la selle et Adrian l'entoura de ses
bras. Elle s'adaptait très bien à lui, son épaule contre son
torse, ses jambes devant son genou gauche. Elle se tortilla un
peu pour s'installer, et il se dit qu'elle était aussi attirante sur
lui que sous lui. Et lorsque son manteau s'entrouvrit, il
aperçut les jolis seins contre lesquels il avait si récemment
posé sa joue.

Cesse de penser à ça ! s'intima-t-il.

— Tout va bien ? lui demanda-t-il.

Elle referma son manteau et serra son baluchon contre elle
avant de hocher la tête, l'air encore plus nerveuse à présent.

— La meilleure sûreté repose sur une peur saine.

Il marqua une pause.

— Avez-vous peur ?

Elle ne le regarda pas.

— Non. Je suis simplement consciente du fait que nous
sommes sur un cheval qui ne nous est pas familier, que nous
chevauchons dans une forte tempête, dans l'obscurité, que
nous suivons de vagues indications à travers une ville inconnue
jusqu'à la maison de personnes que nous ne connaissons pas.
Je me lance dans ce genre d'aventures un mardi sur deux,

raconta-t-elle, et elle sourit quand il rit. J'espère que vous êtes capitaine de cavalerie.

Adrian rit à nouveau.

— Je l'étais ! Ne craignez rien ! J'ai déjà chevauché dans de pires conditions.

Il resserra son manteau autour d'eux autant que possible, puis s'élança dans la nuit.

Une pluie glaciale s'abattit sur eux comme une gifle, et Mlle Barrett haleta, se blottissant plus près de lui. La tête de la jeune femme vint se placer sous son menton, et il huma à nouveau son parfum avant que le vent ne lui envoie une rafale de neige fondue au visage.

Cela ressemblait un peu trop au Portugal, où ils avaient été pris dans toutes sortes de tempêtes, du blizzard aux averses. Cependant, cette expérience lui fut utile alors qu'il guidait le cheval sur la route principale, puis tournait à droite au bout de huit cents mètres et apercevait enfin la forme noire du clocher de l'église qui se détachait sur le ciel sombre. Le presbytère se trouvait juste derrière, et des lumières brillaient aux fenêtres.

Il s'avança au plus près de la porte, qui s'ouvrit, laissant apparaître un homme de petite taille avec une touffe de cheveux gris autour de la tête, une lampe à la main.

— Capitaine Fitzhugh ? l'appela-t-il.

— Oui.

Adrian descendit de cheval et se tourna vers Mlle Barrett. Elle glissa sans grâce dans ses bras et chancela lorsqu'il la déposa à terre.

— Entrez, entrez ! Je suis M. Kittridge, pasteur de St Mary, que vous voyez là, leur dit-il avant de se retourner. Catherine ! Nos invités sont arrivés.

Adrian aida Mlle Barrett à entrer dans la maison. Malgré ses efforts, elle était assez mouillée et grelottait de froid. Il s'arrêta sur le pas de la porte et tira le baluchon de ses propres affaires de sous son manteau. Il le remit au pasteur.

— Merci, monsieur. Veillez à ce qu'elle se réchauffe et se sèche. Je dois m'occuper du cheval.

— Bien sûr, capitaine. Je laisserai le verrou ouvert.

Il enfourcha son cheval et retourna au *Black Hart*, beaucoup plus rapidement maintenant qu'il n'avait plus Mlle Barrett dans les bras. Elle allait parfaitement bien contre lui. Il passa un peu trop de temps à penser à la courbe de son derrière sur ses genoux, et encore plus à la rondeur de ses seins lorsqu'elle s'était appuyée sur son bras.

Il commençait à s'intéresser de trop près à sa compagne de voyage fortuite.

Il rendit le cheval au maître d'écurie, et remonta son col pour le chemin du retour au presbytère. Pour la première fois, il ne maudissait pas la pluie glaciale. C'était peut-être la seule chose capable de refroidir son imagination ce soir-là.

CHAPITRE 7

Gwen se sentit complètement dépassée lorsque M. et Mme Kittridge et leur servante s'agitèrent autour d'elle, l'aidant à enlever ses demi-bottes et son manteau mouillés, lui apportant des pantoufles et un châle, l'incitant à boire un verre du vin de groseille de M. Kittridge. Ils étaient gentils, mais inquisiteurs, et il y avait des limites à ce qu'elle se sentait à l'aise de leur dire.

Elle avait espéré que le capitaine mettrait rapidement le cheval à l'écurie et serait de retour dans la demi-heure, mais le temps passait et il ne revenait pas. Cela souleva quelques commentaires de la part du pasteur et de sa femme, et Gwen ne savait malheureusement pas quoi répondre. Elle ignorait où il était et ce qu'il faisait, et, comme elle ne le connaissait pas vraiment, elle devait inventer une raison pour laquelle il prenait tant de temps.

Ce fut encore plus difficile lorsqu'elle se rendit compte qu'ils pensaient qu'elle était sa femme.

La propriétaire du *Black Hart* avait cru qu'ils étaient mariés, et elle n'avait pas protesté parce qu'elle s'était sentie plus en sécurité ainsi. Le capitaine avait lui aussi joué le jeu très facilement. Elle comprenait trop tard le danger d'obtenir une chambre sous ce prétexte : les Kittridge n'avaient qu'une seule chambre, et, bien sûr, un mari et sa femme la partageraient.

À mesure que la soirée avançait, que le couple versait plus de vin et posait davantage de questions, Gwen sentait que ses capacités d'invention étaient mises à l'épreuve. Elle leur dit d'abord ce qu'elle savait : le capitaine venait du nord d'ici, près de Bury St Edmunds. Elle n'y était jamais allée, mais elle avait de la famille dans la région et était impatiente de la voir. Ils étaient en chemin pour y aller. Le capitaine avait fait la guerre, oui, en Espagne. Il n'était rentré que récemment en Angleterre.

À ce moment-là, elle n'avait plus de vérité à offrir et elle dut inventer une fiction qu'elle broda sans vergogne. Gwen se surprit à décrire le courage avec lequel le capitaine l'avait sauvée d'une calèche folle dans les rues de Salisbury. Puis la façon dont il l'avait charmée en lui offrant un chaton nommé Reggie. Et, pour finir, comment il avait conquis son cœur en lui offrant une nouvelle coiffe lorsque la sienne s'était abîmée, mais pas avant de s'être renseigné sur la dernière mode et d'avoir appris ses couleurs préférées pour pouvoir lui offrir le plus beau bonnet qu'elle ait jamais possédé. Pas *cette* coiffe, bien sûr, mais celle qui se trouvait dans ses bagages à l'auberge.

Pour elle, la faute en incombait au vin, et à la propension de Mme Kittridge aux commérages romantiques. Lorsque la petite horloge de la cheminée sonna vingt-deux heures, elle se dit que n'importe qui serait amoureux de lui, du moins de l'homme qu'elle avait présenté comme étant le capitaine Fitzhugh.

Elle sursauta quand l'intéressé revint enfin, trempé et à moitié gelé.

— J'ai pris un mauvais virage, expliqua-t-il en se débarrassant à grand-peine de son manteau détrempé et de son écharpe incrustée de glace. Je me suis trompé de route dans l'obscurité, à pied.

— Ne me dites pas que vous avez dû marcher depuis le *Hart*! s'exclama M. Kittridge. Par ce temps?

— J'avais promis de rendre le cheval, répondit-il.

Surprise, Gwen comprit qu'il n'avait emprunté le cheval que pour l'amener ici, afin qu'elle n'ait pas à marcher sous une pluie glaciale. Ajoutée à tous les mensonges romantiques qu'elle avait racontés, cette découverte était dangereusement séduisante. Mieux valait qu'il fasse rapidement quelque chose de grossier, sinon elle allait se croire amoureuse.

Le capitaine poussa un gémissement de soulagement en retirant ses bottes détrempées, et Mme Kittridge se hâta de préparer une autre tasse de thé tandis que le pasteur allait chercher une serviette. Gwen l'aida à retirer son manteau écarlate, ce qui ne fut pas une mince affaire à cause de la laine détrempée. Elle remarqua qu'il était usé, soigneusement reprisé à certains endroits, avec une longue coupure sur la manche. Elle se demanda s'il avait été blessé, et elle espérait que l'étoffe avait absorbé le pire du coup. Mme Kittridge s'occupa de suspendre le manteau sur une chaise pour qu'il sèche, et M. Kittridge promit de faire un peu de magie pour les bottes.

— En trente ans, j'ai parcouru toute cette paroisse sous la pluie! déclara-t-il. Je sais comment traiter des bottes mouillées.

Heureusement, les Kittridge étaient bientôt prêts à se retirer. Ils conduisirent Gwen et le capitaine dans une pièce spartiate, mais propre, située à l'arrière de la maison. La servante avait préparé un feu, le lit était fait, et ils se retrouvèrent seuls.

Gwen, grisée par le vin de groseille, était *seule* avec l'homme qu'elle avait transformé en héros romantique pour le plaisir des Kittridge, mais aussi un peu pour elle-même. Ce serait tellement mortifiant s'il le savait!

— C'est devenu une véritable aventure, dit-elle d'un ton léger.

Le capitaine se passa une main sur le visage.

— J'aurais dû protester plus tôt lorsque la femme du *Black Hart* a pensé que nous étions mariés.

Elle le rassura aussitôt.

— Je comprends pourquoi vous ne l'avez pas fait. Je vais m'enrouler dans une couverture sur le sol.

— Vous n'en ferez rien ! s'exclama-t-il. Le lit est pour vous.

Gwen secoua la tête.

— Absolument pas ! Vous êtes trempé jusqu'aux os et à moitié gelé, c'est *vous* qui dormirez dans le lit.

— Ce sol semble bien plus confortable qu'un lit de camp en Espagne, où j'ai dormi au cours des huit derniers mois.

Il croisa les bras, ce qui n'arrangea rien, car le linge humide collait à ses avant-bras musclés ; Gwen eut du mal à détourner le regard.

— Ce sol est bien plus attrayant que la paillasse de la fille de salle à l'auberge *Two Owls* à Ipswich, ou que le banc du coin de la salle au *Black Hart*, où je dormirais si vous n'aviez pas été là.

— Ce sol, avec ce tapis et ce feu, est le summum du luxe comparé à une tente militaire !

Gwen avait les bras croisés, elle aussi, maintenant.

— Et vous n'avez manifestement jamais été gouvernante ! J'aurais donné mon bras droit pour avoir un feu *ou* un tapis, sans parler des deux !

Le capitaine la dévisagea en clignant des yeux. Gwen vit le tressaillement de sa bouche, et elle se rendit compte de l'absurdité de la situation. Elle laissa échapper un gloussement, puis un autre, et plaqua ses deux mains sur sa bouche pour étouffer les éclats de rire qui s'emparaient d'elle.

— Grand Dieu, s'exclama le capitaine, pris d'un fou rire.

Il agita les mains en l'air, comme pour les calmer tous les deux.

— Ils vont nous jeter dehors en pensant que nous sommes fous !

Elle leva un doigt tremblant.

— À juste titre! C'est un tapis des plus ordinaires.

— Et nous en sommes presque à nous affronter au pistolet pour savoir qui souhaite le plus désespérément endurer une nuit dessus.

Gwen inspira trois fois, reprenant son souffle pour lui répondre.

— Et le feu est trop petit pour réchauffer la pièce!

Les épaules du capitaine frémirent tandis qu'il se retenait de rire davantage. Son visage était rouge d'avoir ri, ses cheveux lui retombaient dans les yeux, qui brillaient d'une lueur joyeuse. Gwen n'arrêtait pas de lui sourire. Elle avait rencontré cet homme le jour même, et, pourtant, il lui semblait incroyablement familier et cher à ses yeux.

C'est le vin, se dit-elle, puis elle se tourna vers le lit. Il était agréable, large, et plusieurs couvertures étaient empilées dessus.

— Nous pourrions simplement partager le lit, s'entendit-elle dire.

Le capitaine resta immobile, le sourire figé. Lui aussi se tourna vers le lit, comme s'il venait de prendre conscience de sa présence.

— C'est un lit plutôt grand, poursuivit la voix de Gwen.

Elle n'avait pas l'impression de la maîtriser.

— J'ai confiance en vous, et je suis si fatiguée que je serai endormie d'ici quelques minutes.

Il se contenta de fixer le lit.

C'était sans aucun doute le vin. Elle aurait dû être choquée et horrifiée par son propre comportement, mais, au lieu de cela, elle déroula le paquet qu'elle avait récupéré dans sa valise et attrapa le lien de sa chemisette.

— Tournez le dos, monsieur.

Le capitaine Fitzhugh se retourna et fit face au mur, bien droit, comme s'il était à la parade.

Gwen retira sa robe, humide jusqu'aux genoux et maculée de boue, ainsi que son jupon. Elle se déshabilla et enfila sa chemise de nuit par-dessus sa blouse. Puis elle détacha ses jarretelles et retira ses bas. Elle enroula le châle de Mme Kittridge autour d'elle, et elle se sentit tout aussi couverte qu'auparavant.

— Merci, dit-elle.

Elle prit sa robe et ses bas, qu'elle étala sur l'une des chaises à côté de l'âtre. Le capitaine ne se retourna pas.

— Si vous êtes sûre... à propos du lit...

— Bien sûr.

Elle se força à sourire, même s'il ne la regardait pas. Elle l'avait dit, et elle honorerait sa parole. Elle avait déjà partagé un lit auparavant, avec sa mère, avec sa cousine, avec divers enfants dont elle s'occupait lorsque les tempêtes les effrayaient la nuit. La situation n'était guère différente.

Il s'éclaircit la gorge.

— Alors, pourquoi ne pas... vous arranger pour la nuit.

— Oh! Bien sûr. Je n'ai plus qu'à me laver le visage et à me coiffer, répondit-elle.

Les épaules du capitaine se voûtèrent. Elle voyait ses muscles se tendre à travers le linge qui lui collait à la peau. Elle se dirigea vers le lavabo, se débarbouilla rapidement et se frotta les dents avec un coin de la flanelle. Elle retira les épingles de ses cheveux et les brossa jusqu'à ce qu'ils retombent en vagues douces sur ses épaules. Ensuite, elle les tressa et se rendit compte qu'elle avait perdu le ruban avec lequel elle les attachait d'habitude. Elle décida de les enrouler autour de sa nuque, puis elle se glissa dans le lit et remonta soigneusement les couvertures autour d'elle.

— Fini! murmura-t-elle.

Il acquiesça et éteignit la lanterne.

Le feu ne produisait qu'une faible lueur, et Gwen gardait résolument le visage détourné, mais elle l'entendit se laver, puis se déshabiller. Elle perçut le doux bruissement du tissu lorsqu'il enleva son gilet, le cliquetis de sa montre qu'il déposa sur la cheminée, les sons indiquant qu'il ôtait ses bas et le silence pendant qu'il les suspendait pour les faire sécher. Ce silence se prolongea jusqu'à ce qu'elle se sente très tendue. Que faisait-il à présent?

Enfin, elle perçut le bruit d'un pantalon que l'on retire, du tissu mouillé que l'on décolle de la peau pour l'enlever. Gwen essayait de ne penser à rien, mais elle se souvenait des muscles durs de ses cuisses sous les siennes, qui fléchissaient pour contrôler le cheval. Les cuisses d'un officier de cavalerie. Elle avait senti qu'il était fort et solide partout, de ses bras autour d'elle à son torse derrière. Et maintenant, il se tenait à quelques mètres de là, vêtu seulement de sa chemise, dont les manches étaient humides, et qu'il allait devoir retirer pour qu'elle sèche...

Un nouveau bruissement d'étoffe suggéra qu'il l'avait fait.

Gwen, qui avait cru pouvoir s'endormir rapidement dès que sa tête toucherait l'oreiller, sentait chacun de ses nerfs vibrer de tension. Elle avait vingt-cinq ans, elle n'était pas vierge, mais elle était loin d'être expérimentée. Elle venait de perdre son emploi, et sans doute tout espoir d'en trouver un aussi bon. Gwen aurait dû s'accrocher de toutes ses forces à sa respectabilité, et, au lieu de cela, elle restait éveillée à écouter un homme se déshabiller, regrettant ardemment de n'avoir pas le droit de regarder. Elle aurait voulu connaître le capitaine, le connaître *vraiment*, et ne pas avoir à inventer de toutes pièces des histoires romantiques à son sujet. Elle aurait aimé que ce moment au *Black Hart*, lorsqu'elle s'était réveillée de sa torpeur pour sentir sa chaleur, son poids contre elle et son souffle sur sa peau, ait été intentionnel, ou du moins significatif, et non le résultat d'une fatigue telle qu'il était incapable de se tenir droit.

Elle aurait préféré que le charmant amant qu'elle avait

imaginé pour le divertissement de Mme Kittridge soit vraiment le sien.

Elle ne bougea pas d'un centimètre pendant que le capitaine se déplaçait dans la chambre. Elle n'entendait plus ce qu'il faisait par-dessus le vacarme de ses propres pensées et désirs. Puis le lit grinça et le matelas s'inclina, et les couvertures bougèrent lorsque le capitaine s'allongea à côté d'elle.

Elle refoula ses désirs inutiles et ses pensées dangereuses.

— Bonne nuit, capitaine, murmura-t-elle.

— Bonne nuit, répondit-il laconiquement.

Gwen ferma les yeux et pria pour dormir.

ADRIAN DEMEURAIT PARFAITEMENT IMMOBILE, à fixer le plafond sombre ; il était raide et dur de partout.

Il était le plus grand idiot de la terre. Il aurait dû immédiatement corriger cette aubergiste, prétendre que Mlle Barrett était sa sœur, ou sa cousine, insister sur le fait qu'ils avaient besoin de deux chambres ou, s'il n'y en avait qu'une, qu'elle soit réservée à elle seule.

Au lieu de cela, il se retrouvait au lit avec elle, après avoir reçu un sourire complice de M. Kittridge et quelques mots murmurés sur le fait que sa femme pourrait le réchauffer. Il avait dû l'écouter se déshabiller et brosser ses cheveux brillants et soyeux, tout en sachant qu'elle serait à portée de main toute la nuit.

Il ne pourrait pas survivre à une nuit entière de cette torture. Il attendrait qu'elle soit endormie, puis il se glisserait hors du lit et dormirait sur le tapis usé, devant le feu qu'il avait ravivé en prévision. Il priait pour qu'elle ne pousse pas de petits gémissements excitants dans son sommeil.

Il devait simplement attendre. Adrian avait une horloge interne assez précise, et il se disait qu'une demi-heure devrait suffire. Elle était aussi épuisée que lui, et elle devrait dormir assez profondément pour qu'il puisse bouger sans la déranger. En attendant, il resterait là, silencieux et immobile, ignorant son sexe qui s'était raidi dès qu'elle lui avait demandé de tourner le dos.

Il l'entendait respirer à côté de lui.

Il ne pouvait s'empêcher de revoir ses bas drapés sur l'accoudoir du fauteuil ni d'imaginer ses jambes nues contre les siennes.

Il envisagea de remettre son pantalon. Il était mouillé, mais le porter pourrait être suffisamment désagréable pour lui permettre de ne pas penser à autre chose.

Heureusement, il avait apporté une chemise supplémentaire, sinon il serait allongé là, nu, à côté d'elle...

L'esprit pervers d'Adrian évoqua aussitôt une image d'*elle* dormant nue, entourée de boucles couleur miel et de draps de lin moelleux. Il savait qu'elle n'était pas nue ; il avait aperçu du coin de l'œil une chemise de nuit blanche lorsqu'elle avait grimpé dans le lit.

Il se demandait à quoi elle ressemblait, et si elle avait des boutons sur le devant, des boutons qu'un homme devrait défaire en embrassant la gorge de la jeune femme jusqu'à ses seins généreux et tentants...

Un charbon craqua dans le feu et il tressaillit violemment. *Une demi-heure,* se dit-il, désespéré. *Une demi-heure.*

CHAPITRE 8

Gwen se réveilla dans l'obscurité la plus totale.

Le lit tremblait, et son esprit endormi crut qu'il s'agissait de Philip, le fils des Bradford, âgé de sept ans. Les orages le terrifiaient, et il se faufilait souvent dans sa chambre en passant par la nursery pour se réfugier sous les couvertures à côté d'elle. Elle se retourna et tendit la main, jusqu'à ce qu'elle trouve son corps, puis elle lui tapota gentiment le dos.

Au moment où elle se rendit compte qu'il ne pouvait s'agir de Philip, car la silhouette était bien trop grande pour cela, elle comprit également qu'il était en train de pleurer, presque en silence, mais un sanglot étouffé se faisait entendre de temps à autre. Instinctivement, Gwen se rapprocha et passa son bras autour de lui.

Elle savait que c'était le capitaine lorsqu'il saisit sa main et la serra contre sa joue, où elle sentit l'humidité de ses larmes. Pour autant, elle ne s'éloigna pas; elle voulait lui apporter tout le réconfort possible. Il avait dû être témoin de choses terribles pendant la guerre.

Peu à peu, ses tremblements s'arrêtèrent, tout comme ses pleurs. Elle sombrait à nouveau dans le sommeil quand il se retourna soudainement et l'attira dans ses bras. Elle inspira, mais il se contenta de la serrer contre lui, comme s'il cherchait à la réconforter. Son corps était très chaud, et Gwen se rendit alors compte qu'elle avait eu froid jusque-là. Elle se détendit contre lui, laissant son bras s'installer contre l'épaule du capitaine, lui caressant distraitement les cheveux.

Elle sentit à peine ses lèvres contre sa tempe. Le mouvement de sa main sur son dos était merveilleux, et elle s'y abandonna avec un soupir de satisfaction. Elle l'entendit inspirer brusquement, et elle savait ce qu'elle faisait lorsqu'elle se blottit consciemment plus près de lui.

Il toucha ses cheveux, les écarta de son visage, puis il y glissa les doigts, défaisant ce qui restait de sa tresse. Gwen avait toujours aimé qu'on lui brosse les cheveux; elle inclina la tête en signe de plaisir flagrant. Cette fois-ci, elle était parfaitement consciente de la bouche du capitaine sur son front, et elle avait toute latitude pour arrêter les choses.

Elle n'en avait pas envie. Pas encore, peut-être même pas du tout. Elle avait été congédiée, elle n'avait pas d'argent et elle était peut-être sur le point de perdre sa grand-mère bien-aimée, mais elle pouvait avoir ce moment.

Les couvertures étaient tassées entre eux, formant une barrière, jusqu'à ce qu'elle passe son bras en dessous et pose sa main sur le torse du capitaine. Il réagit en l'attirant fermement contre lui, son bras s'enroulant autour de sa taille et sa main s'agrippant à sa hanche. Ses nerfs se remirent à vibrer et elle comprit que c'était de l'excitation. Elle le désirait.

Il posa ses lèvres sur sa mâchoire, sa main toujours dans ses cheveux. La sensation fit gémir Gwen. Elle tendit à nouveau le cou et, cette fois, les lèvres du capitaine effleurèrent les siennes, légères, douces, exaspérantes, jusqu'à ce qu'elle se rapproche de lui et qu'elle lui rende son baiser. La main qu'il posa sur sa joue la fit frissonner, et elle entoura son cou de ses deux bras sans même s'en rendre compte.

Il roula sur un coude, au-dessus d'elle, et elle sentit ses doigts se poser sur les boutons du devant de sa chemise de nuit. Une vague de chaleur l'envahit au souvenir de son réveil avec sa tête contre sa poitrine, et elle agrippa son épaule, le poussant silencieusement à continuer.

Le devant de sa chemise de nuit usée s'ouvrit; il sembla perplexe face à la blouse qui se trouvait en dessous, mais il tira rapidement sur le ruban pour l'ouvrir également. Puis sa bouche, chaude et humide, se posa sur sa peau, traçant des chemins brûlants sur le haut de ses seins. Gwen gémit et se cambra pour l'encourager.

Sa main lui parut très grande et chaude lorsqu'elle plongea à l'intérieur de sa chemise de nuit et saisit l'un de ses seins. Son pouce fit rouler son mamelon et elle tressaillit. Puis il abaissa la tête et entoura le bourgeon tendu de sa langue, lui tirant un grand halètement de plaisir.

Il fit l'amour à ses seins pendant un certain temps. Gwen avait l'impression de se noyer, elle avait du mal à respirer : c'était à cause de son poids qui s'installait sur elle, de ses mains qui touchaient et caressaient sa poitrine, de sa bouche qui goûtait sa peau. Elle avait glissé les mains dans ses cheveux et, d'une manière ou d'une autre, ses jambes s'étaient enroulées autour de lui, comme si elle s'accrochait à lui pour survivre.

— Guinevere, souffla-t-il en suçotant légèrement la peau tendre juste sous son oreille.

Elle tourna la tête pour qu'il puisse recommencer, et haleta :

— Gwen.

Il fit descendre sa main le long de son flanc, aplatissant le tissu froissé de sa chemise de nuit. Il portait une chemise, mais elle semblait être entortillée autour de sa taille. Le capitaine agrippa sa hanche et attira Gwen vers lui; elle sentit son érection contre sa cuisse.

La sensation de sa peau nue contre la sienne la rendait

fiévreuse. Elle bougeait sans réfléchir, se frottant contre lui, et il expira brusquement. Il se déplaça jusqu'à ce que sa cuisse gauche soit entre les jambes de la jeune femme, puis il se souleva jusqu'à être au-dessus d'elle.

Adrian effleura les boucles entre ses jambes.

— Gwen? souffla-t-il à nouveau, avec une note d'inter-rogation.

Les yeux fermés, elle acquiesça frénétiquement.

— Oui. *Oui!*

Elle crut qu'elle allait se briser à la première caresse déli-cate. Tous ses nerfs semblaient tendus, jusqu'à ce que la deuxième caresse provoque une impulsion qui la fit tressaillir.

— Oui, hoqueta-t-elle à nouveau lorsqu'il fit une pause.

Ensuite, elle ne put plus parler tandis qu'il la taquinait et la caressait jusqu'à ce qu'elle soit dans tous ses états, haletant et suppliant pour en avoir plus.

Il plongea ses doigts en elle, posa sa bouche sur son sein. Un orgasme commença à naître au creux de son ventre et elle se tendit vers le capitaine, agrippant à pleines mains sa chemise sur ses épaules. Son érection, épaisse et dure contre sa cuisse, glissa entre ses jambes et elle s'y frotta sans réfléchir.

— Gwen! haleta-t-il, les épaules tremblantes.

Elle était sur le point de jouir, son corps s'abandonnant au plaisir qu'il lui procurait. Il le savait aussi, et ses doigts diabo-liques caressaient en elle un point qui semblait faire jaillir des étoiles derrière les paupières de la jeune femme.

— Oui! geignit Gwen. S'il te plaît. *S'il te plaît!*

Elle bascula les hanches vers Adrian, et rejeta la tête en arrière.

Il attendit que la première contraction survienne, puis sa main disparut, et il écarta les jambes de la jeune femme, s'insé-rant entre elles pour la pénétrer avec force. Gwen agrippa ses fesses et se cambra, submergée par cette connexion entre eux; elle en voulait plus.

— Seigneur! haleta-t-il contre son oreille.

Puis il se mit à bouger, suivant le rythme de la formidable montée d'adrénaline qui la traversait, jusqu'à ce qu'elle retombe alanguie sur le lit, et qu'il se retire avec un gémissement pour se répandre sur son ventre.

Ni l'un ni l'autre ne bougea pendant un long moment. Gwen crut qu'elle était devenue sourde, mais elle entendait la respiration saccadée du capitaine. Elle tâtonna pour attraper sa main, et fut rassurée lorsque ses doigts se glissèrent dans les siens et qu'il les serra. Elle tourna la tête, ne sachant pas ce qu'elle allait dire, et la bouche d'Adrian couvrit la sienne. Son baiser était tendre, et Gwen sentit une lueur chaude envahir tout son corps. Elle roula vers lui et lui rendit son baiser.

Quelques minutes plus tard, il se redressa, puis se leva du lit. Il poussa un juron étouffé en se déplaçant dans la pièce sombre, puis il revint avec un linge mouillé.

— C'est froid, murmura-t-il. Désolé.

Gwen rougit tandis qu'il essuyait son ventre avec précaution. Le tissu était en effet froid, une gifle brutale de réalité après le rêve de leurs ébats amoureux, et elle commença à se sentir mal à l'aise. Elle remit sa chemise de nuit en place quand le capitaine s'éloigna à nouveau. Elle supposa qu'il se nettoyait lui-même, ou peut-être gagnait-il du temps pour réfléchir à ce qu'il allait dire. Même s'il avait participé activement, cela ne signifiait pas qu'il verrait les choses de la même manière qu'elle. Elle ne savait que trop bien que l'homme qui séduisait une jeune femme vertueuse pouvait se retourner contre elle et la condamner comme étant une fille facile, dès qu'elle lui cédait. Ou peut-être craignait-il qu'elle exige des choses de lui et se mettait-il déjà en retrait.

Mais le capitaine ne dit rien et, quelques minutes plus tard, il se glissa à nouveau dans le lit. Gwen resta figée sur son côté du matelas, respirant à peine, jusqu'à ce qu'il referme sa main sur la sienne, réconfortante et forte. Elle la serra fort en

retour, démesurément heureuse. Il l'attira contre lui et l'entoura de son bras, comme s'il ne voulait plus jamais la lâcher.

Gwen se laissa aller contre lui. *Ne pense pas à demain*, se
dit-elle. *Accepte ce moment pour ce qu'il est... seulement cette
nuit.* Enfin, elle succomba à la chaleur d'un sommeil profond.

ADRIAN SE RÉVEILLA TÔT, se croyant encore endormi dans
un étroit lit de camp. Son pied, qui dépassait de sous les
couvertures, était à moitié gelé et il sentait qu'il était sur le
point de tomber du lit.

Il lui fallut un moment pour se rendre compte qu'il était
sur le bord du matelas, car Gwen était pressée contre son dos.
Un sourire involontaire ourla ses lèvres lorsqu'il se souvint de
la sensation de l'avoir dans ses bras, sous lui, autour de lui, de
sa façon de murmurer « s'il te plaît » avec avidité.

Son sourire s'évanouit quand il se rendit compte de ce
qu'il avait fait. Il avait fait l'amour avec la fille. Il s'était réveillé
d'un cauchemar au sujet d'une expédition de reconnaissance
désastreuse en Espagne. Il l'avait trouvée en train de lui caresser
le dos de manière apaisante, presque amoureuse, et il s'était
accroché à elle comme un naufragé s'agripperait à un radeau,
puis il avait entrepris de grimper sur elle comme la crapule
égoïste qu'il était apparemment.

Pire encore, il avait envie de recommencer. Sa violente
érection tressaillit lorsque Gwen soupira dans son sommeil et
étira ses jambes. Adrian se mit à transpirer légèrement lorsque
le pied de la jeune femme effleura son mollet. Il se souvenait
parfaitement d'avoir glissé sa main le long de sa jambe nue et de
l'avoir accrochée à sa taille, juste avant de la chevaucher jusqu'à
ce qu'il perde presque conscience. Et, s'il se retournait, il l'em-
brasserait pour la réveiller, il la sentirait bouger contre lui, et
cela pourrait bien se reproduire.

Il savait ce qu'il devait faire, il connaissait la chose *hono-rable* à faire. C'était même plutôt attrayant, car il appréciait réellement cette femme. Elle était intelligente, pleine d'esprit et ne se laissait pas facilement abattre. Elle manifestait une affection dénuée d'artifice qui réchauffait son âme solitaire. Elle s'occupait de sa grand-mère, aimait les enfants, sauvait les chats, était polie avec les aubergistes pressées, et généreuse avec son argent, alors même qu'elle en possédait peu. Il aimait être avec elle. Il aimait lui procurer du plaisir. Il voulait mieux la connaître.

Mais, même si cette idée le séduisait, elle méritait davantage de choix. Elle avait été très éprouvée, d'après ce qu'elle avait dit, et peut-être avait-elle accueilli ses avances imprudentes comme une libération purement physique, ou même par obligation, parce qu'il avait proposé de l'emmener à Blackthorpe.

Cette pensée lui retourna l'estomac et il se glissa furtivement hors du lit. C'était l'aube, et il pouvait la voir, maintenant. Ses cheveux, qui s'étalaient en vagues folles sur son oreiller, paraissaient plus sombres dans la lumière nacrée, et son visage était encore plus beau que dans son souvenir. *Elle est magnifique*, songea-t-il avec nostalgie en remontant les couvertures sur les épaules de Gwen.

Et il lui devait un retour chez elle en toute sécurité. C'était ce qu'il lui avait promis, pas de la ruiner. De plus, il devait rentrer chez lui. Quelle honte qu'il n'ait pas pensé à sa famille, qui l'attendait avec impatience, alors qu'il se laissait envoûter par le charme de Guinevere Barrett! Il fallait qu'il pense à eux.

Fort de sa nouvelle détermination, il s'habilla de vêtements presque secs, rassembla ses affaires et sortit discrètement de la chambre.

CHAPITRE 9

Lorsqu'elle se réveilla, Gwen avait chaud, et elle était merveilleusement détendue. Elle s'étira, savourant le confort du grand lit.

Puis elle ouvrit les yeux. Elle était seule dans ce lit, étalée au beau milieu du matelas, et pas allongée convenablement sur son côté. Elle se redressa, alarmée, quand elle constata que le capitaine n'était plus là. Ses affaires n'étaient plus sur la chaise ni sur la cheminée, et la pièce était silencieuse.

Elle se laissa retomber, étrangement désemparée. Certes, elle ne s'était pas attendue à ce qu'il se réveille en lui souriant, prêt à lui offrir un baiser matinal et peut-être même plus. Elle rougit au souvenir de sa bouche sur sa peau, puis elle rougit davantage encore à l'idée de faire cela à la lumière du jour : elle aurait dû avoir honte de désirer qu'il lui fasse à nouveau l'amour. La dernière chose qu'il lui avait dite, c'était « désolé ».

Ce qui est fait est fait, se dit-elle, et elle repoussa les couvertures. Il régnait un froid glacial dans la chambre, ce qu'elle accueillit avec plaisir, et elle se hâta d'enfiler sa robe sale aussi vite qu'elle le pouvait. Après avoir rangé la chambre, elle se brossa les cheveux et les épingla, puis plia sa chemise de nuit autour de sa brosse, avant d'ouvrir la porte.

La servante la dirigea vers la cuisine, où Mme Kittridge elle-même préparait le petit déjeuner.

— Vous voilà, ma chère! la salua-t-elle avec un sourire. Avez-vous bien dormi?

Gwen rougit.

— Oui, merci. Le capitaine est-il...?

La femme du pasteur fit un signe de la main.

— Il s'est levé à l'aube, et il s'est rasé dans la cuisine avec de l'eau froide! Il a dit à M. Kittridge qu'il devait se rendre au *Black Hart* pour faire préparer un véhicule. Ils sont partis tous les deux il y a quelque temps. Maintenant, asseyez-vous et prenez du porridge, il vous faut un bon petit déjeuner chaud en cette froide journée.

Gwen s'assit et mangea. Elle venait de terminer son bol de porridge chaud aux abricots secs lorsqu'un tintement de cloches retentit à l'extérieur. Mme Kittridge haussa les sourcils et se précipita vers la porte d'entrée. Gwen la suivit de près, et elle dut se cacher les yeux.

À un moment donné, la pluie avait cédé la place à la neige, et, à perte de vue, tout était recouvert d'une couche de blanc étincelant. Les cloches annonçaient un petit traîneau tiré par une paire de chevaux gris. M. Kittridge agita la main depuis son siège, et lorsque le capitaine arrêta les chevaux devant la maison, il porta ses doigts à son chapeau en guise de salut.

— Belle journée pour une promenade, n'est-ce pas, madame Fitzhugh? s'exclama le pasteur en descendant du traîneau.

Gwen sursauta quand elle comprit qu'il s'adressait à elle.

— J'espère que Catherine vous a nourrie, car le capitaine me disait qu'il avait hâte de se mettre en route.

— Bien sûr que je l'ai nourrie, Jasper! le réprimanda sa

femme, qui tenait déjà le manteau de Gwen. Tenez, ma chère.
Vous devez partir le plus vite possible, pour les chevaux.

— Oui, dit Gwen en enroulant l'étoffe autour d'elle.

Sa coiffe, qu'elle avait laissée sécher près du feu du salon,
était raide et déformée, mais elle n'en avait pas d'autres, alors
elle la mit. Le ciel était d'un bleu éclatant, sans nuage, et l'air
était glacial.

— Merci, madame Kittridge, pour tout...

— Je vous en prie, ma chère. C'était un plaisir.

La femme lui tapota la main. Le pasteur l'attendait pour
l'aider à monter dans le traîneau. Gwen plaça son petit paquet
à côté d'elle, puis étendit sur elle les épaisses couvertures de
l'attelage. Avec un signe de main à l'attention des Kittridge, le
capitaine leva les rênes et le traîneau bondit en avant.

— Bonjour, lui dit-elle alors qu'il repartait vers la route.

Les cloches étaient plus fortes ici, et elle devait élever la
voix pour se faire entendre.

Le capitaine lui sourit. Le soleil, qui se reflétait sur la neige,
était aveuglant ; son chapeau était baissé, et son écharpe était
remontée haut. Seule une partie de son visage était visible, de
ses yeux à sa bouche.

— Bonjour, répondit-il.

— Je ne suis jamais montée dans un traîneau, poursuivit-
elle, bavardant nerveusement en essayant de réfléchir à la
manière d'aborder l'inavouable.

Ces lèvres l'avaient embrassée hier soir, jusqu'à ses seins.

— Il n'y a qu'une quinzaine de centimètres de neige. Une
berline s'y embourberait, mais le maître d'écurie s'est laissé
persuader de se séparer de ce traîneau. J'ai eu la chance d'être le
premier à le lui demander. Je pense que beaucoup de clients
qui se lèveront tard seront déçus, car c'était le seul.

Gwen rit, puis elle se rappela pourquoi il s'était levé si tôt.
Il fit tourner les chevaux sur la route principale, et elle se rendit
compte qu'ils ne retournaient pas au *Black Hart*.

— Oh, non! s'exclama-t-elle. Reggie!

— À mes pieds, la rassura le capitaine.

Gwen souleva les couvertures et baissa les yeux : le panier de Reggie se trouvait juste à côté de ses bottes. Elle le tira et ouvrit le couvercle. La tête orange du chat sortit; il se tourna pour admirer la neige, puis il s'abaissa à nouveau. Gwen lui gratta les oreilles.

— Pauvre sir Reggie! J'aurais dû demander des restes pour lui.

— Il a eu droit à un peu de sauce et à des œufs de mon petit déjeuner au *Black Hart*, l'informa le capitaine Fitzhugh. J'espère que cela lui permettra de tenir jusqu'à Blackthorpe.

Gwen baissa les yeux, partagée : elle était à la fois charmée qu'il se soit souvenu de son chat volé et déraisonnablement décontenancée par le fait qu'ils étaient presque arrivés.

— Nous y serons aujourd'hui, alors?

— Oui. À moins qu'un pont n'ait été emporté par les eaux, ou une autre calamité de ce genre.

— Nous avons déjà vécu notre lot de calamités, répliqua-t-elle, essayant de plaisanter, mais cela sonnait faux.

— C'est à espérer, acquiesça-t-il.

Gwen avait l'impression qu'il ne l'avait pas regardée une seule fois depuis qu'elle était montée dans le traîneau. Son cœur se serra. Il était trop compliqué de parler : l'air était frais et ses yeux lui faisaient mal à cause de l'éblouissement que le bord difforme de son bonnet ne parvenait pas à bloquer. Le vent se leva pendant qu'ils progressaient, et elle dut ramener un pan de son manteau sur son visage pour se protéger de la fine brume de neige projetée par les sabots des chevaux. Le capitaine, mutique lui aussi, se concentrait sur la conduite. Les chevaux semblaient rétifs, et, plus d'une fois, elle comprit qu'il avait à peine réussi à les maintenir sur la route, ou ce qui passait pour une route sous le manteau de neige. Aux yeux de Gwen, il était impossible de savoir où se trouvait même le chemin. Au bout d'une heure, ils s'arrêtèrent pour changer les chevaux, mais, à part une promenade rapide dans la cour pour dégourdir ses jambes raides, ils repartirent presque aussitôt.

Lorsqu'elle aperçut un panneau indiquant Blackthorpe, Gwen prit son courage à deux mains.

— Capitaine Fitzhugh, commença-t-elle.

— Adrian, la corrigea-t-il. Je m'appelle Adrian.

Elle lui jeta un coup d'œil. Il regardait toujours droit devant, les yeux rivés sur les chevaux et la route. Devait-elle l'appeler Adrian ?

— Je voudrais vous remercier à nouveau de m'avoir emmenée hier. C'était très généreux et très gentil de votre part, et je vous en suis extrêmement reconnaissante.

— Ce n'est rien, répondit-il, lui décochant un bref regard. Je n'ai guère pu vous procurer le voyage rapide et direct que vous souhaitiez.

— Je pense qu'il a été aussi rapide et direct qu'il pouvait l'être, compte tenu de la tempête.

Adrian hocha la tête, tout en engageant les chevaux dans un chemin plus étroit. La neige était plus épaisse ici, ralentissant les animaux.

— Il est remarquable de voir à quel point une tempête peut changer vos projets.

Elle prit une grande inspiration. Si elle avait l'audace de faire l'amour avec un homme, elle devait avoir également l'audace d'en parler avec lui.

— Et je tiens à vous assurer que la nuit dernière était...

Il toussa.

— Oui. La nuit dernière.

Sa manière de le dire fit déferler une vague de chaleur dans tout le corps de Gwen. C'était le même ton qu'il avait employé lorsqu'il avait murmuré son nom d'un air interrogateur, lorsque ses mains s'étaient déplacées sur elle avec une habileté dévastatrice, lorsqu'elle l'avait supplié de ne *pas* s'arrêter. De continuer et de lui faire l'amour.

— Oui, ça, confirma-t-elle courageusement. Je voulais seulement vous demander... vous demander d'être discret.

— Voilà qui me semble être le minimum que vous puissiez demander.

Il tira les rênes des chevaux, les faisant ralentir au pas. Une jolie petite maison en pierre se dressait devant eux ; de la fumée s'échappait de la cheminée, mais il n'y avait aucun autre signe d'occupation. Adrian arrêta les chevaux devant la bâtisse, et se tourna enfin vers Gwen.

Au grand étonnement de la jeune femme, il glissa sa main sous les couvertures pour saisir la sienne.

— Ce fut un immense plaisir pour moi de vous emmener dans le nord. Vous n'avez pas à vous sentir redevable envers moi pour cela, car le voyage a été grandement amélioré par votre compagnie.

Gwen se sentit rougir ;

— Je crois que j'ai dû constituer un terrible fardeau !

Il lui adressa un léger sourire fugace.

— Bien au contraire, répondit-il, puis il hésita avant de parler au moment où la porte du cottage grinça. Je sais qu'il y aurait beaucoup à dire après la nuit dernière. Mlle Barrett... *Gwen*... Je voudrais... enfin, j'espère... Pourrais-je... ?

Gwen haleta quand elle reconnut sa grand-tante Maisie qui apparut à la fenêtre, un châle autour des épaules.

— Oh ! Sommes-nous déjà arrivés ?

— Vous m'avez bien parlé de Larkspur Cottage, n'est-ce pas ?

— Oui, c'est vrai... mais je ne savais pas que nous étions si proches...

Pas plus qu'elle ne s'attendait à ce qu'il se rappelle le nom de la maison. Qu'avait-il voulu lui dire ? Juste ciel ! Elle n'avait pas besoin que Maisie entende cette conversation.

Troublée, elle commença à se débattre pour s'extirper de la couverture. Le capitaine descendit et fit le tour du traîneau. Il souleva les épaisses couvertures de l'attelage, et l'aida à descendre, puis il lui tendit le panier de Reggie. Gwen progressa dans la neige en direction de Maisie, qui la reconnut et poussa un petit cri de joie. Entre ses explications décousues, les cris de Maisie annonçant à Gran que Gwen était venue et les miaulements de Reggie réclamant d'être libéré, la jeune femme ne remarqua pas que le capitaine Fitzhugh avait récupéré sa valise à l'arrière du traîneau. Il la posa sur le perron alors que Maisie ouvrait largement la porte, criant en réponse aux questions de Gran.

Posant le panier de Reggie, Gwen se tourna vers Adrian. Elle avait des choses à évoquer avec lui, et, maintenant que le moment était venu, elle n'avait pas envie de lui dire au revoir. Même s'ils se croisaient par hasard dans le village, ce ne serait pas la même chose. Leur relation atteignait son terme, en dépit de la formidable intimité qu'ils avaient partagée.

— Capitaine...

— Adrian, répéta-t-il.

— Adrian, dit-elle, puis elle rougit. S'il vous plaît, entrez prendre une tasse de thé.

Elle éprouvait une sorte d'urgence, et c'est ainsi qu'elle se retrouvait à l'inviter, alors que ce n'étaient ni sa maison ni son thé. Elle ne pouvait tout simplement pas le laisser partir ainsi.

Il afficha un sourire contrit.

— Hélas, je suis moi aussi pressé de voir quelqu'un.

Elle l'avait oublié.

— Bien sûr, répondit-elle, déconcertée. Pardonnez-moi. J'espère que votre grand-père retrouvera la santé.

— Moi aussi, dit-il.

Il lui prit ensuite la main et s'inclina sur elle, posant ses lèvres sur ses jointures, s'y attardant un instant.

— Au revoir, Guinevere Barrett.

— Je ne veux pas dire au revoir, murmura-t-elle, agrippant sa main. *S'il te plaît*, pas encore...

Depuis l'intérieur leur parvint la voix de Gran, faible, mais pleine d'espoir. Sans réfléchir, la jeune femme détourna le regard du capitaine, et il relâcha sa main.

— Gwen ? Est-ce vraiment ma chère Gwen ?

Gran descendait les escaliers, lentement, se cramponnant à la rampe, mais elle était assez en forme pour le faire.

Gwen arbora un large sourire soulagé à cette vue.

— Oui, Gran, lui cria-t-elle. Je suis là.

Maisie revint à la porte, rayonnante.

— Entre, ma chérie, entre! s'exclama-t-elle, puis elle haleta en apercevant le capitaine Fitzhugh... *Adrian*.

— Bonté divine! Monsieur! Entrez, vous êtes le bienvenu!

Il toucha le bord de son chapeau et s'inclina.

— Je vous remercie, madame, mais je ne peux pas m'attarder.

Gwen lui adressa un regard angoissé. Il lui décocha à nouveau son petit sourire caractéristique, puis il inclina la tête vers Gran. Les yeux brûlants à plus d'une raison, Gwen courut vers sa grand-mère pour la serrer dans ses bras.

Maisie continuait à parler derrière elle, le remerciant chaleureusement, et elle entendit Adrian lui répondre alors qu'il retournait vers les chevaux. Elle était choquée de se rendre compte à quel point elle s'était habituée au ton de sa voix, et, maintenant, elle ne l'entendrait probablement plus jamais. Gran ne cessait de s'exclamer sur son apparition soudaine, et Gwen tendait l'oreille, désespérée d'entendre un dernier mot de sa part.

— Mais, tu pleures, constata Gran, l'air inquiet. Qu'y a-t-il ?

Gwen passa une main sur ses yeux brûlants.

— C'était le vent. Je dois dire que, désormais, je comprends mieux l'intérêt d'une berline aux vitres bien ajus-

tées, après être montée dans un traîneau avec le vent et la neige
en plein visage.

— Et un très joyeux Noël à vous, my lord! s'exclama
Maisie derrière elle.

Elle referma la porte et se hâta de les rejoindre, tout
sourire.

— Eh bien! Ma chérie, quelle *magnifique* surprise!
Belinda ne m'a pas parlé de ta venue.

— Je ne savais pas! répondit Gran, qui posait un regard
rayonnant sur Gwen.

Elle portait encore ses vêtements de nuit, ainsi qu'un épais
châle autour de ses épaules, mais elle marchait, et son visage
avait des couleurs.

— Mais nous sommes extraordinairement heureuses que
tu sois là!

Gwen hocha la tête, mais elle avait l'esprit tourné vers autre
chose. Elle dit à Maisie :

— As-tu appelé le capitaine « my lord » ?

Maisie sembla surprise.

— Bien sûr! C'était lord Westley, n'est-ce pas ?

— Non, répondit Gwen lentement. C'était le capitaine
Fitzhugh. Qui est lord Westley ?

Maisie hocha la tête.

— Oui, oui, Fitzhugh. C'est celui qui s'est engagé dans l'armée. C'est ce que font les Fitzhugh depuis des générations.
Son père est mort en héros, tu sais, en 1789, raconta-t-elle,
faisant claquer sa langue d'un air triste. Et je crois qu'il y en
avait un autre... son oncle? Non, c'était il y a trop longtemps,
peut-être était-ce un grand-oncle...?

— Qui est lord Westley? répéta Gwen.

— Le jeune gentleman qui vient juste de partir, lui dit
Maisie, posant sur elle un regard amusé. Je ne l'avais jamais
rencontré, mais c'est le portrait de son père. Lord Victor était
un *si* bel homme! Et tellement gentil et généreux. Il semblerait

que son fils le soit aussi, pour avoir amené notre chère Gwen jusqu'ici.

— Comment l'as-tu rencontré, Gwen ? demanda Gran avec un sourire perplexe. Bien sûr, je lui suis très reconnaissante de t'avoir amenée...

Agitée, Gwen posa la même question pour la troisième fois.

— Qui est lord Westley ?

Maisie et Gran échangèrent un regard.

— Le petit-fils du comte de Wroxham. L'héritier du comte.

CHAPITRE 10

A drian ne fit pas vraiment attention au trajet jusqu'à Highvale. Le traîneau lui semblait vide sans elle à ses côtés, et il s'imaginait même que ses pieds étaient froids parce qu'il n'avait pas le panier du chat près de ses bottes. Gwen avait eu l'air consternée avant qu'il ne la quitte, mais elle avait ensuite été emportée dans le giron de sa famille, et il l'avait entendue s'exclamer de bonheur alors qu'elle filait vers la femme âgée en robe de chambre.

Alors, il avait respecté la promesse qu'il lui avait faite. Il essaya de ne pas songer à la lâcheté dont il avait fait preuve en attendant la fin pour aborder le sujet de la nuit précédente. Toutes les choses qu'il avait eu envie de lui dire avaient enflé dans son esprit jusqu'à ce que tout soit flou. Il aurait voulu lui demander s'il pouvait lui rendre visite, s'ils pouvaient faire connaissance de manière plus décente... mais il n'avait même pas réussi à faire cela.

Plus tard, se dit-il. Il devait maintenant se concentrer sur ses propres affaires, qui promettaient d'être bien plus sombres.

Sa mère n'avait pas mâché ses mots dans sa dernière lettre :

son grand-père était mourant. Peu de choses auraient pu l'arracher à l'armée, surtout quand ils avaient mis les Français en fuite. Adrian avait prévu de se battre jusqu'à ce que Bonaparte soit complètement vaincu, pour terminer ce que son père avait commencé. Mais il avait désormais des devoirs et des responsabilités qui l'emportaient sur sa volonté. Même s'il n'avait pas voulu rentrer, Whitehall l'aurait renvoyé chez lui.

Le majordome l'accueillit avec un soulagement visible quand il eut conduit le traîneau et les chevaux à l'écurie, en précisant l'endroit où ils devaient être rendus.

— My lord. Madame vous attendait.

Le cœur d'Adrian se serra lorsqu'il vit la tension sur le visage de sa mère. Elle l'aperçut et esquissa un sourire hésitant.

— Enfin, tu es là! Je craignais que la neige ne te retarde.

La neige, et une femme qui lui avait fait oublier qu'il rentrait chez lui, sans doute pour enterrer son grand-père. Adrian embrassa sa mère sur la joue.

— Je suis venu aussi vite que possible. Comment va-t-il?

— Pas bien, l'informa-t-elle en lui prenant la main. Il est encore alerte, mais très faible. Tu dois te préparer, mon chéri.

Il acquiesça.

— Laisse-moi me changer, et j'irai le voir.

La chambre de son grand-père sentait déjà la mort, en dépit de la fenêtre entrouverte. Wroxham avait toujours été partisan de l'air frais comme remède à tous les maux. Mais, même l'air froid de l'hiver ne pouvait chasser l'odeur du camphre et de la lavande, l'odeur aigre de la maladie.

Le valet du comte, qui l'avait fait entrer, lui indiqua discrètement une chaise près du lit. Adrian la rapprocha et s'y assit, puis il prit la main de son grand-père. Les longs doigts du vieil homme se refermèrent autour des siens, mais faiblement. Les yeux de Wroxham s'entrouvrirent.

— Ah! murmura-t-il. Tu es venu... enfin.

— Oui, monsieur, répondit Adrian avec un sourire. Il m'a fallu du temps pour revenir d'Espagne, mais je suis ici.

— Wellington... se fait voler l'un de ses meilleurs éléments, déclara le comte avec un léger sourire. Envoie-lui... mes excuses.

— J'espère qu'il en a eu pour son argent le temps qu'il m'avait.

Une étincelle jaillit dans les yeux de Wroxham.

— Bien sûr que oui! L'armée me doit une fière chandelle! Ils t'ont eu, ils ont eu Victor...

À la mention de son fils, le père d'Adrian, le visage du comte se crispa. Il soupira et s'enfonça dans les oreillers.

— Ah! Victor, et Louis, et Henry... mon Elizabeth bien-aimée... et même l'innocente petite Louisa. J'ai enterré bien trop de gens. Je suis content... c'est mon tour.

La gorge d'Adrian se noua. Il était un jeune garçon de quatorze ans lorsque son père avait été tué aux Pays-Bas, un jeune soldat lorsque son oncle Louis était mort d'une fièvre, et il n'avait que quelques années de plus lorsque son frère Henry avait été éjecté de son cheval et tué. Il n'avait appris la mort de sa grand-mère que trois mois après son décès, car la livraison du courrier de l'armée avait connu des perturbations, et sa tante Louisa était morte quand elle était petite fille, bien avant la naissance d'Adrian. Son grand-père avait effectivement enterré beaucoup de gens.

— J'aimerais que tu attendes un peu, dit Adrian, essayant de repousser le chagrin. Je viens juste de rentrer, et je n'ai pas eu l'occasion de te parler.

Wroxham retrouva son sourire, il était un peu plus lui-même cette fois.

— Oh! Tu m'apportes de bonnes nouvelles, n'est-ce pas?

— Oui, s'entendit-il dire. J'ai rencontré une jeune femme.

Wroxham haussa les sourcils.

— En Espagne?

— Non. Pendant mon voyage jusqu'ici.

Il marqua une pause. Il n'aurait pas dû parler de Gwen. Il aurait dû se montrer prudent, lui rendre visite pour voir si cette étincelle entre eux pouvait prendre feu et durer, et, surtout, attendre que la durée de leur relation se mesure en semaines, et non en heures.

— Elle est adorable, grand-père. Elle est chaleureuse, charmante et intelligente.

— Ce parangon a-t-il un nom ?

Ne le dis pas, songea-t-il. Sa mère l'interrogerait sans pitié si elle avait vent de tout cela.

— Mlle Guinevere Barrett.

— Quel nom charmant ! remarqua Wroxham en souriant. Je te donne ma bénédiction.

Il tenta de reculer un peu.

— Je viens à peine de la rencontrer. Peut-être ne sera-t-elle pas aussi séduite par moi.

Wroxham laissa échapper un rire doux et sifflant.

— Je peux dire... à ton expression... qu'elle vaut la peine... d'essayer. Va voir cette fille.

Adrian pressa doucement la main frêle de son grand-père.

— Seulement si tu essaies de rester un peu pour la rencontrer.

— Mon cher garçon, je vais essayer. Je vais essayer, répondit-il, et, au prix d'un douloureux effort, il posa son autre main sur celle d'Adrian. Mais tu n'as pas besoin de mon approbation... Tu as toujours été un garçon... très intelligent et sensible. Et je suis très reconnaissant pour ça. Je suis sûr que cela t'a épargné de te faire tirer dessus par ces maudits Français !

Il s'interrompit, pris d'une quinte de toux. Et Adrian se précipita vers la tasse de thé léger sur la table toute proche. Il sentit l'odeur du laudanum qu'il contenait au moment où il tendit la boisson à son grand-père pour qu'il en prenne une gorgée.

— Va lui rendre visite, dit Wroxham d'une voix rauque quand il put reprendre la parole. Je serais ravi d'avoir une bonne nouvelle.

Il n'aurait pas dû dire quoi que ce soit.

— Voilà qui me semble inconsidérément optimiste, monsieur. Je ne la connais que depuis quelques jours.

Deux, exactement, soit à peine assez de temps pour justifier qu'il parle de « jours ». Le grand-père d'Adrian lui prit à nouveau la main, et, cette fois, sa prise était étonnamment forte.

— Mais tu es attiré par elle.

Adrian respira profondément. Il était idiot de parler de tout cela, alors qu'il n'avait pas réussi à parler à Gwen elle-même.

— Oui. Très attiré.

— Je te conseille d'écouter ton instinct. Il m'a suffi d'une danse avec ta grand-mère, et j'ai su. Elle a laissé tomber son éventail à mes pieds, et, quand j'ai regardé dans ses yeux, j'ai su que c'était un signe, qui me disait qu'elle était ma destinée. Nous avons partagé quarante-neuf années de bonheur.

Tu ne l'as sans doute pas attrapée au milieu de la nuit pour lui faire l'amour après cette unique danse, pensa Adrian.

— Je viens à peine de la rencontrer, répéta-t-il.

Wroxham agita faiblement un doigt.

— Avec certaines femmes, il n'en faut pas plus.

Adrian baissa les yeux.

— Elle ignore qui je suis, avoua-t-il. Enfin, que je suis Westley. Elle me croit simple capitaine dans l'armée.

Wroxham sourit.

— Ça... c'est facile à corriger... Va le lui dire !

Lorsqu'il descendit quinze minutes plus tard, il se sentait à la fois épuisé et tourmenté. Sa mère était dans le salon ; après un simple coup d'œil à son visage, elle lui ouvrit les bras.

— Oh, mon chéri !

Ses yeux le brûlaient et il s'accrocha à sa mère, tétanisé par le chagrin, qui le réconforta comme elle l'avait fait lorsqu'il était enfant et que le comte était venu leur annoncer la mort de son père dans une bataille lointaine.

— Il a dit qu'il était heureux que ce soit son tour d'être enterré.

Elle soupira et lui caressa les cheveux comme Gwen l'avait fait. La pensée le frappa qu'il voudrait que son fils ait une mère comme celle-ci, comme Gwen, quelqu'un d'attentionné, de gentil et d'aimant.

— Il a vu beaucoup de choses en quatre-vingt-trois ans.

Et tout ce dont Wroxham parlait, c'était de ce demi-siècle de joie qu'il avait vécu avec son Elizabeth. Celle dont il avait su qu'elle était faite pour lui après une seule danse. Adrian n'était pas sûr d'y croire vraiment, mais il était convaincu que son grand-père avait raison sur un point : il devait voir Gwen. Il ressentait déjà son absence.

Le majordome entra, un paquet à la main.

— My lord, un palefrenier a découvert ceci sous les couvertures du traîneau.

Adrian reconnut le rouleau de tissu doux quand il le prit entre ses mains. C'étaient les boutons qu'il avait défaits en embrassant les seins de Gwen. C'était le tissu qu'il avait remonté le long de ses jambes avant de la caresser jusqu'à l'extase. À l'intérieur se trouvait la brosse dont il avait compté les coups en l'écoutant se coiffer ; dans les poils se trouvaient plusieurs longs cheveux dorés comme le miel, et il savait qu'ils sentiraient son parfum.

— Qu'est-ce que c'est ? s'enquit sa mère, surprise.

Adrian fixa la fine chemise de nuit, et la petite brosse. Aucun soldat n'aurait pu se montrer plus économe dans le choix de ses produits de première nécessité. Il avait lui-même pris une chemise et des bas propres, son nécessaire de rasage, et une petite boîte de poudre dentifrice. Elle n'avait pas eu l'intention de laisser ses affaires derrière elle, mais elle l'avait fait, parce qu'elle avait essayé de lui parler. Et il s'était senti coupable, hésitant et impatient d'atteindre Highvale, si bien qu'il avait repoussé l'échéance jusqu'à ce qu'il soit trop tard. La famille de Gwen avait détourné son attention.

— C'est un signe, dit-il doucement.

CHAPITRE 11

Après les bouleversements émotionnels du voyage, la vie à Larkspur Cottage semblait très calme à Gwen.

Gran avait effectivement été très malade, à tel point que le médecin avait soupiré et dit que la situation reposait entre les mains de Dieu. C'était ce qui avait poussé Gran à envoyer une lettre larmoyante à Gwen. Cependant, Maisie estimait que le médecin n'était pas très compétent, car il avait tendance à penser que toutes les maladies féminines étaient vagues et mystérieuses, et elle s'était consacrée entièrement aux soins de Gran. De près de dix ans sa cadette, elle avait insisté pour que Gran ait de l'air frais et une literie propre tous les jours, de grandes quantités de thé et de soupe, pas de nourriture lourde, et un cataplasme chaud sur sa poitrine tous les soirs. La grand-mère de Gwen avait levé les yeux au ciel pendant le récit de Maisie, mais en souriant.

— Et, crois-moi, elle a commencé à aller mieux trois jours avant ton arrivée, confia Maisie à Gwen. Le jour même où tu as reçu sa lettre, et où tu as décidé de traverser tout le pays pour la rejoindre !

— Maisie, aucune de nous n'avait la moindre idée que

Gwen avait lu ma lettre, la gronda Gran. C'est une coïncidence.

— Pourtant, c'est le jour où tu as franchi un cap, Belinda, répondit Maisie avec fermeté. Dieu savait que tu devais te rétablir à temps pour la voir.

— Si tu me disais que des lutins s'étaient glissés par ta fenêtre la nuit pour t'insuffler la santé, je leur en serais reconnaissante, déclara Gwen à sa grand-mère, laissant volontiers celle-ci l'étreindre.

Les premiers jours, tout se passa à merveille ; elle était ravie de voir que Gran se portait si bien. Maisie était heureuse de pouvoir cuisiner pour quelqu'un d'autre, et elles se régalaient tous les soirs. Reggie avait été accueilli dans la maison et avait conquis le cœur de la grand-tante de Gwen en attrapant deux des souris qui la tourmentaient depuis des semaines dans la cuisine.

Cependant, maintenant que l'état de Gran s'améliorait, et qu'elle déclarait aller beaucoup mieux avec la présence de sa petite-fille, il y avait très peu de choses à faire. Maisie et sa sœur vivaient simplement, avec une bonne à tout faire et un homme qui était passé plus tard, le jour de l'arrivée de Gwen, pour livrer du charbon et creuser un chemin dans la neige jusqu'au puits pour Cora, la bonne.

Lorsqu'elle finit par avouer que son voyage à Blackthorpe lui avait coûté son poste, il n'y eut qu'un moment de silence choqué avant que sa grand-tante ne déclare fermement qu'une jeune femme aussi travailleuse, intelligente et gentille qu'elle trouverait sûrement un autre emploi dès qu'elle en voudrait un. Gran était du même avis.

Gwen ne leur répondit pas qu'elle n'en était pas aussi certaine. Elle s'était sentie légitimement vexée que sir Edmund se soit montré si insensible et impoli, et elle ne regrettait pas d'avoir choisi sa grand-mère plutôt que les Bradford, mais cela signifiait qu'elle n'obtiendrait aucune référence de leur part, ce qui rendrait les choses plus difficiles.

Elle aurait dû chercher un autre emploi, quelque part dans les environs. Pas comme gouvernante, mais peut-être dans l'un des magasins du village. Elle aimait être près de Gran et Maisie, et il n'y avait rien à faire à Salisbury. Le seul doute qu'elle nourrissait... concernait Adrian.

Elle avait appris, en posant quelques questions judicieuses, que le domaine du comte de Wroxham, Highvale, se trouvait à huit kilomètres de Larkspur Cottage. Le comte était âgé, et les amies commères de Maisie à l'église chuchotaient qu'elles avaient entendu dire qu'il était mourant. Gwen avait eu le cœur serré par le chagrin en pensant à Adrian qui lui avait dit qu'il rentrait en urgence chez lui pour voir son grand-père. Il était au moins rentré à temps, mais il semblait que, contrairement à Gwen, son voyage s'achèverait dans le deuil.

Son capitaine deviendrait donc bientôt comte, et Gwen était convaincue de comprendre pourquoi il était resté si silencieux pendant leur trajet en traîneau jusqu'à Blackthorpe. Il serait *comte* et elle serait une *gouvernante sans emploi* et voleuse de chats. Évidemment qu'il n'avait pas voulu venir prendre le thé avec Gran et Maisie, pas plus qu'il n'avait voulu discuter de cette nuit-là, quand bien même Gwen aurait voulu lui expliquer qu'elle était tout aussi responsable que lui et qu'elle ne s'attendait pas à ce qu'il fasse quelque chose de ridicule, comme l'épouser.

Il ne la connaissait pas et elle ne le connaissait pas. Elle s'était même dit qu'il était peut-être déjà fiancé, jusqu'à ce que la curiosité prenne le dessus et qu'elle apprenne de Maisie que le jeune vicomte n'était pas venu à Blackthorpe depuis quatre ans et que nul ne savait s'il était fiancé.

Bien sûr, Maisie ajouta inopportunément qu'il le serait sûrement bientôt, maintenant qu'il était rentré chez lui et sur le point de prendre la succession du comté. Ce qui noircit les sentiments que Gwen avait pu éprouver en apprenant qu'il était célibataire. Cela n'aurait guère d'importance pour elle.

Elle se sentit encore plus mal à l'aise lorsqu'elle se rendit compte qu'elle avait laissé sa chemise de nuit et sa brosse dans le traîneau. Ou alors, ils étaient tombés en cours de route. Elle ne savait pas si elle préférait cela, sachant que la brosse, cadeau de sa mère, serait perdue à jamais, ou l'idée que les domestiques d'Adrian les découvrent, affichant un sourire entendu en songeant à la femme qui avait été assez vulgaire pour laisser derrière elle ses vêtements de nuit dans le traîneau d'un lord.

Elle s'efforça de rester concentrée sur Gran. Sur Noël, qui aurait lieu le jour suivant. Maisie faisait de la pâtisserie tous les jours, et la maison embaumait les tartes aux fruits et le pain d'épices. Des voisins venaient boire une tasse de thé et offrir de petits présents ; il apparut que Maisie cuisinait pour un certain nombre de familles locales, qui lui apportaient maintenant des bouteilles de vin de sureau, des pelotes de laine et des paquets d'herbes séchées en guise de remerciement. Gwen savait qu'elle aurait dû se sentir joyeuse, et elle s'efforçait de l'être.

Ce matin-là, elles recevaient à nouveau des visiteurs, et le salon était rempli. Si la jeune femme était ravie de voir à quel point Maisie et Gran étaient chères à leurs voisins, cela n'en était pas moins épuisant. Tout le monde louait sa prévenance, qui l'avait conduite à venir rendre visite à Gran, et, plus d'une fois, elle fut invitée à un événement dans le village, pour s'entendre dire à la hâte :

— Si vous êtes encore là.

Personne ne savait encore qu'elle n'avait pas de poste à reprendre, mais chaque gentille invitation le rappelait durement à Gwen.

Lorsque Gran fit remarquer à sa petite-fille que les branches de sapin avec lesquelles elles avaient l'habitude de décorer lui manquaient, cette dernière saisit l'excuse. Elle enfila son manteau et la coiffe de sa grand-mère, car la sienne avait été classée comme un cas désespéré. Les jours suivant la tempête avaient été plus doux, et la neige avait pratiquement disparu. Gwen sortit, décochant un sourire aux enfants qui jouaient devant le cottage. Leur mère et leur grand-mère étaient encore à l'intérieur : elles rendaient visite à Gran. Les deux garçons étaient engagés dans un combat à l'épée avec des bâtons, tandis que la petite fille creusait dans la neige restante.

Elle s'arrêta pour admirer le travail de la fillette, qui avait sculpté un motif avec un bâton et l'avait décoré avec des cailloux. Elle ne se rendit compte que quelqu'un arrivait que lorsque les garçons poussèrent un cri. Un cheval remontait l'allée en direction du cottage.

Un autre visiteur. Gwen était ravie d'être sortie de la maison. La veille, le boucher, vêtu de ses habits du dimanche, était venu apporter des filets de bœuf. Elle était sûre qu'il était épris de Maisie, car il était resté parler pendant plus d'une heure, mais cette heure avait été très longue, surtout qu'une légère odeur de sang flottait dans l'air.

Elle savait qu'elle devait rester et saluer ce visiteur avant de s'enfoncer dans les bois à la recherche de branches. Les garçons avaient laissé tomber leurs bâtons à l'approche du cheval. Même la petite fille leva les yeux de son œuvre dans la neige. Le cavalier avait dû faire un geste, car les deux garçons poussèrent des cris de joie et coururent à la rencontre du cheval ; leur enthousiasme fit sourire Gwen.

Son amusement s'estompa lorsqu'elle reconnut le cavalier. Il ne portait pas sa veste écarlate de capitaine ni son chapeau usé qui lui était maintenant familier, mais elle savait.

C'était Adrian.

CHAPITRE 12

C haque matin, quand Adrian se réveillait, il se disait qu'il irait voir Gwen ce jour-là. Et chaque matin, il se produisait quelque chose qui l'en empêchait.

Toute sa famille était venue à Highvale. Sa sœur aînée était désormais mariée, et mère de deux jeunes enfants qu'il n'avait encore jamais rencontrés. Ses jeunes sœurs alternaient entre les larmes causées par le chagrin à l'idée qu'elles allaient perdre leur grand-père et les chuchotements enthousiastes à propos de jeunes hommes qu'elles avaient rencontrés récemment. Elles l'avaient convaincu de les emmener à Bury St Edmunds pour acheter des cadeaux de Noël. Ils étaient passés devant un magasin dont la vitrine présentait une coiffe bleue avec des rubans verts qui avait attiré son attention, et il s'était demandé si elle plairait à Gwen.

Sa mère semblait déterminée à le materner autant qu'elle le pouvait, et Adrian se souvint que Gwen avait suggéré que sa mère devait être très impatiente de le voir rentrer sain et sauf à la maison. Il lui vint à l'esprit que sa mère avait elle aussi enterré trop de personnes, dont son mari et son fils aîné. Il aurait aimé pouvoir dire à Gwen qu'elle avait raison, et lui demander comment il devait réagir. Il avait été soldat pendant si longtemps qu'il avait oublié comment être un fils.

Une prise de conscience brutale frappa Adrian, l'obligeant à réfléchir : il était désormais le chef de famille. Personne ne l'avait jamais appelé lord Westley auparavant. Ce titre avait appartenu à son oncle Louis avant sa mort, huit ans plus tôt, puis à son frère Henry, jusqu'à ce qu'il décède pendant qu'Adrian était en campagne au Portugal. À présent, *il* était Westley, bientôt Wroxham, non seulement maître de Highvale, mais responsable des mariages de ses sœurs, et de la sécurité de sa mère.

La santé de son grand-père était fluctuante. Certains jours, Wroxham semblait revivre et tenait à passer une heure à instruire Adrian sur un point ou un autre du domaine. D'autres jours, son état empirait, jusqu'à ce qu'Adrian doive convaincre sa mère en pleurs de ne pas faire venir le pasteur, car son grand-père lui répétait qu'il ne voulait pas de « ce maudit prêtre » dans sa maison tant qu'il n'était pas vraiment mort.

Parfois, il avait l'impression d'avoir quitté un champ de bataille pour un autre.

Après une matinée où sa mère et Gabrielle, sa sœur aînée, s'étaient effondrées en larmes en organisant les funérailles, Adrian en eut assez. Il sortit de la maison, sella lui-même son cheval comme s'il n'était encore que le capitaine Fitzhugh, et prit la direction de Larkspur Cottage. La tempête s'était depuis longtemps dissipée vers la mer et avait laissé place à un soleil hivernal éclatant. La neige et la glace qui les avaient tant ralentis, Gwen et lui, dans leur course vers Blackthorpe, s'étaient condensées en un centimètre de neige bien tassée sous les pieds.

Son moral remonta à mesure qu'il s'engageait dans le chemin menant au cottage. Des voix d'enfants résonnaient, et il aperçut deux garçons qui se battaient à l'épée avec des bâtons, comme Henry et lui avaient eu l'habitude de le faire. Deux autres silhouettes, féminines, se trouvaient dehors. Une enfant et... Gwen.

Il se redressa sans y penser. Elle lui avait manqué encore plus qu'il ne l'avait supposé. Et il aurait dû revenir plus tôt.

Les deux garçons accoururent à son approche. Il descendit de sa monture et répondit à leurs questions sur le cheval, posées d'une voix essoufflée. Puis il leur offrit un shilling chacun s'ils s'occupaient de l'animal pour lui.

L'aîné hocha la tête d'un air entendu.

— Oui, monsieur ! Et vous voudrez certainement rester un peu. Ils ont du pain d'épices chaud à l'intérieur. Mme Maitland est très douée pour la cuisine.

Adrian sourit.

— Vraiment ?

— Le meilleur pain d'épices de tout le Suffolk, déclara le plus jeune garçon, qui caressait le nez du cheval. J'aimerais que maman en fasse un aussi bon !

Son frère lui donna une légère tape.

— Maman fait du bon pain d'épices.

— Aïe ! C'est vrai, mais celui de Mme Maitland est meilleur !

Adrian leur expliqua ce qu'il fallait faire, puis il se tourna enfin vers Gwen. Elle se tenait toujours près de la maison, mais la petite fille avait couru rejoindre ses frères. Le bord d'une coiffe démodée dissimulait l'expression de Gwen, mais le cœur d'Adrian s'emballait rien qu'en la revoyant.

— Bonjour, lui dit-il, s'arrêtant à quelques pas d'elle.

Elle lui fit une révérence.

— Bonjour, capitaine, le salua-t-elle, avant de se corriger à la hâte. My lord.

Il grimaça devant ce titre qui ne lui était pas familier.

— Je n'essayais pas de le cacher.

— Bien sûr que non. Il n'y a pas de quoi en avoir honte, contrairement au vol d'un chat.

Il réprima un rire surpris.

— Vous voyez, c'est pour cela que je ne vous ai rien dit, espèce d'intrépide libératrice de félins ! Je craignais d'apparaître à vos yeux comme un bon à rien au teint terreux.

— Jamais, souffla-t-elle. Quelqu'un qui offre du thé et de la soupe à une inconnue affamée ne peut être un vrai bon à rien.

Adrian marqua une pause.

— Qu'auriez-vous pensé de moi, si vous l'aviez su à ce moment-là ?

Elle y réfléchit, mordillant sa lèvre inférieure, et Adrian s'efforça de ne pas fixer son regard dessus.

— Que vous étiez quelque peu menteur, dit-elle finalement. Non seulement vous cachez votre titre, mais les blessures de cricket ne font pas éternuer les gens, bien que les chats le fassent parfois.

Il feignit l'indignation.

— Ai-je dit cricket ? Non, c'était une blessure de guerre. Comment pouvez-vous remettre cela en question ?

La bouche de Gwen frémit.

— Une blessure de guerre ?

— Oui, c'était un... hérisson français, inventa-t-il, l'observant tandis qu'elle fournissait de vaillants efforts pour ne pas sourire. Il s'est caché dans ma malle pour me tendre une embuscade. Je ne vous régalerai pas des détails macabres, mais sachez simplement que je ne peux plus poser les yeux sur une créature dotée de piquants sans être pris de violents éternuements.

Elle étouffa un rire et baissa la tête. Ses épaules tremblaient.

— Les chats n'ont pas de piquants ! s'exclama-t-elle, un rire dans la voix.

— Et ce n'est pas votre chat qui m'a fait éternuer, répliqua-t-il, très digne. Un hérisson a dû se trouver dans ce cabriolet à un moment ou à un autre.

Gwen plaqua une main sur sa bouche et le regarda, les yeux brillants de larmes de rire.

— Vous n'êtes qu'un misérable menteur ! haleta-t-elle.

— C'est vrai, acquiesça-t-il. Je n'aime pas mentir, c'est pourquoi je suis venu m'excuser.

L'amusement de Gwen s'estompa aussitôt. Elle se tamponna les yeux avec ses doigts, évitant son regard, puis elle jeta un coup d'œil au cottage.

— Permettez-moi d'abord de vous rendre quelque chose.

Il sortit de la poche de son pardessus le petit paquet contenant sa brosse à cheveux et sa chemise de nuit, et le lui tendit.

Elle rougit en réalisant ce que c'était et le fourra dans son panier.

— Merci, my lord.

My lord. Oh, bon sang ! Il était en train de tout gâcher.

— Je suis désolé, s'exclama-t-il. J'aurais dû venir plus tôt, mais c'est l'effervescence à Highvale, et je n'ai tenu le coup qu'en me disant tous les soirs que je viendrais le lendemain. Seulement, le lendemain, un nouveau désastre surgissait, jusqu'à ce qu'enfin, aujourd'hui, je m'éclipse de tout pour venir vous dire... eh bien, que je suis désolé de ne pas être venu plus tôt.

— Je vois, répondit-elle.

La tête toujours tournée vers le cottage, elle resta silencieuse un long moment.

— Je sortais pour ramasser quelques branches pour la décoration. Voudriez-vous marcher avec moi ?

Une vague de soulagement envahit Adrian.

— J'en serais ravi.

Au-delà de toute mesure.

Elle ne lui prit pas le bras, mais ils marchèrent côte à côte en direction du bois qui s'étendait entre le cottage et la route.

— Très bien, dit-elle lorsqu'ils furent à l'abri sous les arbres. Je suis calme et posée maintenant, si vous avez quelque chose de sérieux à me dire.

Adrian ouvrit la bouche pour s'expliquer, pour lui demander son pardon, pour lui demander des nouvelles de sa famille, et il ne put que lui dire :

— Tu m'as manqué.

Les yeux de Gwen se tournèrent vers lui, méfiants et dubitatifs. Elle restait sur la réserve.

— C'est vrai, confessa-t-il. Peut-être n'ai-je pas le droit de te dire cela, mais ta compagnie a transformé un voyage qui s'annonçait sinistre et mélancolique en une aventure qui m'a fait sourire et rire. Tu avais le même objectif impérieux que moi, tu ne savais pas ce que tu trouverais en arrivant, mais tu as fait face avec grâce et charme, et avec la bonne humeur la plus tenace que j'aie jamais vue.

Il s'interrompit pour lui jeter un regard, pour voir comment elle réagissait. Elle écoutait, le visage pâle.

— Lorsque je t'ai fait porter la tasse de thé et la soupe, ce n'était que pour être gentil, je n'attendais rien en retour. Mais, lorsque tu m'as remercié, j'ai eu l'impression d'avoir attendu toute ma vie pour entendre ta voix. Je suis sorti de cette auberge, et je n'ai pas pu faire trois pas avant de savoir que je prenais une mauvaise direction. C'est comme si un avertissement avait résonné dans ma tête, m'intimant de ne pas m'éloigner de toi. Et... c'est toujours ce que je ressens; expliqua-t-il, puis il prit une profonde inspiration, car elle ne disait toujours rien. Alors, je suis venu m'excuser d'avoir pris une autre mauvaise direction, d'être parti alors que tu voulais me parler. Je me suis senti très coupable de ce qui s'est passé cette nuit-là...

— Ne le sois pas, répondit-elle d'une voix douce.

— Mais je ne voulais pas non plus que tu te sentes obligée

de faire quelque chose que tu ne désirais pas, avec un parfait inconnu, poursuivit-il, même si son cœur commençait à palpiter avec espoir. Tu m'as demandé de faire preuve de discrétion, et, bien sûr, je le ferai. Mais si tu es prête à envisager plus de choses de ma part... j'en serais très heureux.

L'ESPRIT de Gwen s'était dissocié de son corps. Physiquement, elle restait immobile, écoutant Adrian confesser ses sentiments. Mentalement, elle était dans un état second, ses pensées tourbillonnant dans tous les sens.

Elle ignorait pourquoi elle lui avait fait confiance ce jour-là à l'auberge *Two Owls*. La respectable et raisonnable Gwen n'aurait jamais imaginé monter dans une berline avec un inconnu. Maintenant qu'il l'avait dit, elle comprenait pourquoi : elle n'avait pas eu le sentiment qu'il était un inconnu. Elle n'avait jamais eu ce sentiment avec lui. Cette nuit-là, dans la chambre d'amis des Kittridge, il lui avait semblé douloureusement familier et cher à son cœur.

À la lumière froide du jour – littéralement – son comportement semblait mortifiant. Elle avait essayé de réfléchir aux raisons qui l'avaient poussée à agir ainsi, et elle avait pensé tour à tour au vin de groseille, à la fatigue et à la difficulté du voyage, ainsi qu'au fait qu'elle avait perdu son emploi et qu'elle se sentait un peu perdue. Elle avait repoussé tous ces prétextes. Au fond d'elle-même, elle savait qu'elle s'était tournée dans ses bras et qu'elle avait accueilli son baiser... et plus encore... parce qu'elle avait ressenti une attirance et une connexion instantanées avec ce gentil et beau gentleman au sourire légèrement espiègle.

Même aujourd'hui, alors qu'elle était gênée et mal préparée à lui faire face, ils étaient tombés instantanément dans une conversation confortable. Des hérissons français, quelle idée! Rien que d'y penser, elle sourit à nouveau.

— Qu'as-tu à proposer de plus? demanda-t-elle d'une voix douce, essayant de remettre de l'ordre dans ses pensées confuses.

Adrian s'éclaircit la gorge.

— Je voudrais vous rendre visite, à ta grand-mère et à toi. T'emmener rencontrer ma mère et mes sœurs, qui seraient absolument ravies de faire ta connaissance. Peut-être t'emmener en promenade en calèche, ou en traîneau, si je parviens à en trouver un autre, répondit-il, puis il hésita. Que me permettrais-tu de plus?

Plus que de rencontrer sa famille et de lui présenter Gran. Serrant son panier, elle se tourna face à lui.

— Je l'ai ressenti, moi aussi, avoua-t-elle. Que tu étais quelqu'un que je désirais connaître. Quelqu'un en qui je pouvais avoir confiance, avec qui tout était facile.

Quelqu'un que je pourrais aimer.

Les yeux sombres d'Adrian s'illuminèrent.

— Alors, pourrais-je te demander une immense faveur?

Le souffle court, Gwen acquiesça.

— Oui... Embrasse-moi.

La surprise se lut sur le visage d'Adrian, mais, avant qu'elle puisse réagir, il s'avança, prit son visage entre ses mains et l'embrassa.

Elle se hissa sur la pointe des pieds pour lui rendre son baiser. Elle dut s'agripper au devant de son manteau pour garder l'équilibre, jusqu'à ce qu'il passe son bras autour de sa taille. Lorsque leur baiser prit fin, sa coiffe était tombée, le manteau d'Adrian l'enveloppait presque entièrement et le panier avait chuté dans un amas de neige.

— Bonté divine, souffla-t-elle, troublée. Gran va penser que j'ai parcouru la moitié du Norfolk pour trouver de la verdure!

Adrian se contenta de rire. Il la tenait toujours serrée contre lui, comme s'il ne pouvait supporter l'idée de la lâcher, et Gwen se collait sans retenue à lui.

— Quelle était cette faveur que tu voulais me demander, avant que je te supplie de m'embrasser ?

— Je n'en ai aucune idée, répondit-il, ses lèvres effleurant la tempe de Gwen. Ce n'était rien comparé à celle que tu m'as offerte.

Elle éclata de rire.

— Voudrais-tu entrer et rencontrer ma grand-mère et ma grand-tante ? lui demanda-t-elle d'une voix timide.

— J'en serais ravi. Je sais de source sûre que Mme Maitland fait d'excellents pains d'épices, et j'en suis diablement friand.

— C'est vrai. C'est ma grand-tante, confirma Gwen, avant de reprendre son sérieux. J'aurais dû te demander. Comment va ton grand-père ?

Adrian laissa échapper un soupir silencieux. Elle posa une main sur son torse en signe de compassion.

— Pas très bien. Mais sa curiosité à ton égard l'a revigoré. Il n'a cessé de me pousser à venir te voir.

Alarmée, elle recula pour le regarder.

— Tu lui as dit… !

— Je lui ai dit que j'avais rencontré une femme qu'il aimerait beaucoup, termina Adrian pour elle. Il m'a dit de me hâter de revenir ici, et d'espérer que tu me pardonnerais d'être parti.

— Oh ! Il n'est pas… ?

Gwen s'interrompit, hésitante. Un *comte* parlait d'elle.

— Nous venons à peine de nous rencontrer…

— Il a su que ma grand-mère était celle qu'il lui fallait après une seule danse. En comparaison, nous nous connaissons depuis longtemps. Il pense sans doute que j'ai déjà trop tergiversé.

Gwen lui décocha un regard en coin.

— Sottises.

Adrian leva les deux mains.

— Ne me demande pas d'argumenter avec lui, répondit-il, avant de marquer une pause. Si tu es d'accord... il a également demandé à faire ta connaissance.

Il parlait prudemment, comme s'il lui demandait une immense faveur. Une faveur, au nom d'un comte. De la part d'une gouvernante voleuse de chats. Gwen résolut de ne plus jamais faire allusion au vol de Reggie.

— J'en serai honorée, lui répondit-elle d'une voix douce, et elle fut récompensée par un autre baiser.

— Tiens, lui dit-il en reculant pour récupérer sa coiffe. Est-ce que c'est... ?

Elle éclata de rire quand il se tut, observant la vieille coiffe de Gran.

— C'est celle de Gran. La neige fondue du voyage a hélas infligé une blessure mortelle à la mienne.

Le visage d'Adrian se détendit alors qu'il la lui rendait.

— Bien.

Il leva les yeux et afficha cette lueur malicieuse qui l'avait touchée en plein cœur, dès la première heure après leur rencontre.

Elle rit en nouant le ruban. Adrian sourit et récupéra son panier, avec la chemise de nuit enroulée, mais encore dépourvue de verdure.

— Viens avec moi.

Il lui prit la main et la conduisit hors du couvert des arbres, jusqu'à la petite écurie où Gran et Maisie gardaient leurs deux chèvres. Il lui demanda d'attendre à l'extérieur pendant qu'il entrait et parlait aux enfants Hayden, qui y avaient mené son cheval. Gwen resta debout à écouter le grondement régulier de la voix d'Adrian et les réponses enthousiastes des deux garçons. Au bout de quelques minutes, Mary, leur petite sœur, sortit en courant, et s'arrêta net en voyant Gwen.

— Je dois aller demander s'il reste du pain d'épices! expliqua-t-elle. Le gentleman dit qu'il est venu en visite, et qu'il espère que tout n'a pas disparu.

Gwen sourit, surprise.

— Je suis sûre que tante Maisie en a fait assez pour un régiment, mais va lui demander d'en garder, Mary.

La fillette sourit timidement.

— Il m'a donné un shilling! murmura-t-elle en montrant à Gwen la pièce brillante. Et il en a donné un à Bobby et un à Sam pour avoir surveillé le cheval.

— C'est merveilleux, s'exclama Gwen. Vous avez sans doute tous accompli un travail formidable.

Mary lui offrit un large sourire édenté, et repartit en courant vers la maison. Adrian sortit de l'écurie, un paquet volumineux dans une main.

— Je t'ai apporté un cadeau.

Elle en fut bouche bée. Oh, non! Elle ne s'était pas attendue à le revoir, encore moins ce jour-là, et encore moins à l'entendre dire qu'elle lui avait manqué et qu'il avait attendu toute sa vie pour la rencontrer. Elle n'avait rien pour lui.

Et alors qu'elle restait bouche bée, il ouvrit le tissu qui entourait l'objet dans ses mains et le lui tendit. Surmontée d'un nœud blanc, la boîte était d'une belle couleur pêche.

Une boîte à chapeau.

— Je l'ai vue à Bury St Edmunds, lorsque j'y ai emmené mes sœurs. Elle m'a fait penser à toi, expliqua-t-il, et son petit sourire apparut. Tout m'a fait penser à toi, mais celle-ci en particulier.

Gwen posa son panier et prit la boîte. À l'intérieur se trouvait une coiffe en velours bleu foncé, ornée d'un ruban vert pâle et d'une délicate plume blanche.

Submergée d'un bonheur irrationnel, elle ne put que répondre :

— Oh!

— Ta coiffe était fichue, et j'ai pensé que, pour le cas où ta

grand-mère n'aurait pas le temps de t'en acheter une...,
commença-t-il, avant de s'interrompre. Joyeux Noël, c'est ce
que je voulais dire.

Elle regarda la coiffe et l'homme qui avait écouté chacune
des paroles qu'elle avait prononcées, puis elle posa la boîte à
chapeaux, se jeta dans ses bras et l'embrassa. Les bras d'Adrian
se refermèrent autour d'elle et il la souleva. Pendant plusieurs
minutes, Gwen oublia complètement qu'elle embrassait l'héritier d'un comte au vu et au su de Gran, Maisie et de tous les
visiteurs de Larkspur Cottage.

— Je suppose qu'elle te plaît, murmura-t-il, ses lèvres
effleurant sa tempe.

Gwen sourit, embrassant le côté de sa mâchoire.

— Tu t'es souvenu de mes couleurs préférées !

Le rire d'Adrian gronda dans sa poitrine.

— Ce n'était même pas la chose dont je préférais me
souvenir à propos de toi, répondit-il, puis il lui prit la main et
en embrassa les jointures. Je ne veux pas me *souvenir* de toi, ma
chérie. Je veux te *connaître*.

Tu me connais, songea-t-elle alors que son cœur battait la
chamade.

— Je n'ai rien pour toi...

Il lui serra la main.

— Cet accueil valait plus que *vingt* des coiffes les plus à la
mode de Bury St Edmunds.

Gwen éclata de rire. Adrian sourit.

— Permets-moi de rattraper ma piètre première impression auprès de ta famille. J'ai très envie de gagner leur
approbation.

Gwen secoua la tête.

— Une piètre impression ! Maisie était dans tous ses états,
et Gran va t'étouffer de gratitude pour m'avoir ramenée saine
et sauve à la maison.

Adrian fit la moue.

— C'est le strict minimum qu'un gentleman puisse faire.

Gwen toucha son manteau, lissant le revers qu'elle avait froissé en l'empoignant.

— Non, c'était extraordinaire. Et je le leur ai dit.

Ils repartirent ensemble vers la maison, et, cette fois, elle lui tenait le bras. Avec sa main libre, elle serrait la boîte à chapeau contre son flanc, et Adrian portait son panier. Il n'y aurait pas de décorations avec des feuillages cette année à Larkspur Cottage, mais Gwen avait le sentiment que cela ne manquerait à personne, maintenant.

À la porte du cottage, elle s'arrêta.

— Cela va paraître fou à tout le monde. *Sommes-nous fous?*

Il s'arrêta et lui fit face, affichant le même léger sourire que la première fois qu'elle lui avait parlé. Cela s'était produit à peine quelques jours plus tôt et, pourtant, une vie entière semblait avoir passé depuis cet instant.

— Bien sûr que c'est fou! C'était fou de ma part d'offrir une place dans mon cabriolet de voyage exigu à une femme que je n'avais jamais rencontrée. C'était encore plus fou de ta part d'accepter. C'était fou de voyager en pleine tempête pour passer la nuit dans la maison d'un étranger, fou de consentir à partager une chambre, et fou de traverser une campagne gelée à bord d'un traîneau pour rentrer à la maison, énuméra-t-il, avant de se pencher, ses yeux sombres rivés sur Gwen. C'est complètement fou de ta part de me laisser te rendre visite, alors que je t'ai quittée sans m'excuser.

Elle lui serra le bras.

— Sottises! C'est la chose la plus sensée que j'aie jamais faite.

Les yeux d'Adrian se réchauffèrent.

— J'aime beaucoup ce genre de folie. J'espère que tu ne changeras jamais. Je n'ai certainement pas l'intention de le faire.

Je crois que je suis amoureuse, pensa Gwen avec un rire surpris. C'était ce qu'elle avait pensé lors de la première nuit à l'auberge *Two Owls*. Adrian lui sourit, comme s'il connaissait ses pensées, et le cœur de la jeune femme se gonfla.

Elle avait eu raison à son sujet depuis le début. *Je* suis *amoureuse,* songea-t-elle, et elle le conduisit à l'intérieur pour se joindre à sa famille.

ÉPILOGUE

UN MOIS PLUS TARD

— Où allons-nous? haleta Gwen entre deux éclats de rire.

La tenant par la main, Adrian l'entraînait si rapidement qu'elle était à bout de souffle, et légèrement étourdie.

— À mon endroit préféré à Highvale.

Il l'avait déjà conduite hors de la maison, à travers les allées de gravier du jardin, à présent tondu à ras, et où des tas de paille recouvraient certaines plantes; à travers la tonnelle couverte de plantes grimpantes, et sur l'herbe gelée de la pelouse. Le temps était froid, mais pas glacial, et le soleil brillait dans un ciel bleu pâle et limpide. Grâce au rythme soutenu qu'Adrian avait adopté, Gwen avait chaud.

— C'est juste devant, ajouta-t-il en ralentissant un peu tandis qu'elle le suivait en soufflant.

Elle jeta un coup d'œil à côté de lui lorsqu'ils passèrent devant un chêne imposant, dont les branches nues se balançaient doucement au-dessus de leur tête, et elle entendit le gargouillement de l'eau.

— Oh, mon Dieu! Est-ce une folie? s'exclama-t-elle lors-qu'elle aperçut un large pont de pierre.

— Grand-père l'appelle la Fantaisie d'Elizabeth.

La folie faisait partie du pont, un petit temple rond perché sur le parapet de pierre. La verdure environnante avait été coupée pour l'hiver, mais, alors qu'ils empruntaient le pont et s'approchaient de la structure, Gwen se rendit compte que l'endroit devait être presque idyllique au printemps et en été. Le chêne devait le couvrir d'ombre dans l'après-midi. Les fleurs violettes des glycines qui grimpaient sur les flancs du pont devaient être odorantes.

— C'est magnifique! s'exclama-t-elle lorsqu'ils arrivèrent.

Elle était petite, un hexagone parfait avec de hautes fenêtres cintrées sur le pourtour. Un large banc bas en bois, garni de coussins rembourrés, en faisait le tour, et Gwen s'ima-gina aussitôt en train d'y lire un bon livre par un après-midi d'été. De longues tentures jaunes étaient fixées aux arches des fenêtres à l'aide de crochets, mais certaines d'entre elles avaient été maintenues ouvertes. Sur un côté se trouvait un poêle robuste, dégageant une chaleur confortable.

Adrian sourit, s'approcha de l'une des fenêtres et retira son chapeau.

— Grand-mère venait ici pour peindre et lire. Grand-père la rejoignait après avoir parcouru le domaine à cheval. Elle avait toujours des biscuits et du cidre pour mon frère, mes sœurs et moi, raconta-t-il, puis il s'arrêta, posant un regard doux-amer sur le cours d'eau. Elle m'a appris à dessiner ici. J'ai fait des croquis de cet arbre et de cette maison plus de fois que je ne pourrais le compter.

Gwen se retourna. Highvale se trouvait juste au-dessus d'eux, au sommet de la colline que le ruisseau encerclait. D'ici, la bâtisse était intimidante, avec ses tours Tudor en briques qui se détachaient sur le ciel d'hiver. Mais lady Westley lui avait montré des tableaux représentant la maison et le domaine en été, lorsque les jardins étaient en pleine explosion de couleurs, et cela ressemblait bien plus à un foyer.

Elle glissa à nouveau sa main dans celle d'Adrian.

— Je vois pourquoi tu aimes cet endroit, lui dit-elle d'une voix douce. Merci de me l'avoir montré.

Il posa sa main libre sur la sienne, regardant toujours l'eau qui coulait sous eux.

— Je voulais aussi avoir un moment seul avec toi.

Gwen rougit. Au cours du mois qui s'était écoulé depuis qu'Adrian était venu à Larkspur Cottage et avait déclaré vouloir mieux la connaître, ils s'étaient rarement retrouvés seuls. Il avait d'abord dû rencontrer Gran et Maisie, qui avaient posé sur Gwen de grands yeux étonnés, mais l'avaient rapidement accueilli. Deux jours après Noël, Gwen avait été conviée à prendre le thé à Highvale, où elle avait rencontré la mère d'Adrian, lady Westley, et ses trois sœurs : Mme Penhalle, qui avait prié Gwen de l'appeler Gabrielle, ainsi qu'Helene et Frederica. Il était venu à Larkspur plusieurs jours par semaine, mais Gran ou Maisie se débrouillaient toujours pour être dans la pièce pendant ses visites. Même lorsqu'il s'était arrangé pour l'emmener en promenade, il s'était présenté avec sa sœur dans la calèche.

— Cela ne vous dérange pas, n'est-ce pas, chère mademoiselle Barrett ? s'était exclamée Helene. Westley a dit que vous alliez vers Bury St Edmunds, et j'ai très envie de visiter la boutique de la modiste !

Adrian avait croisé son regard dans le dos d'Helene, et il avait levé les yeux au ciel, impuissant ; mais le cœur de Gwen avait battu la chamade. Il était si bienveillant et si gentil avec ses sœurs.

Ce jour-là avait été un peu différent. Aujourd'hui, lady Westley avait convié Gwen, Gran et tante Maisie à Highvale pour le thé, et, cette fois, le comte de Wroxham était présent. Adrian lui avait dit que la santé de son grand-père était très instable, mais qu'il était déterminé à la rencontrer. Le vieux et frêle gentleman n'avait pas l'air en forme, assis dans un fauteuil roulant, une couverture de laine sur ses genoux et un châle autour de ses épaules, mais il avait fait un baisemain à Gwen et l'avait invitée à s'asseoir à côté de lui. C'était un homme charmant, même s'il avait dû faire signe à Adrian de le conduire hors de la pièce après seulement un quart d'heure.

Frederica, la plus jeune sœur d'Adrian, avait murmuré à Gwen qu'il était rare qu'ils voient le comte ces jours-ci. Cela l'avait troublée, avant même qu'elle ne surprenne Gran et Maisie, leurs têtes jointes, les yeux larmoyants. Gran lui avait adressé un regard et un petit sourire incrédule avant de se détourner pour répondre à quelque chose que lady Westley lui avait dit.

Adrian était alors arrivé derrière elle, et avait posé une main sur son épaule, la faisant presque sursauter.

— J'aimerais montrer à Mlle Barrett une partie des jardins, si je peux l'enlever, avait-il dit.

Sa mère s'était aussitôt écriée :

— Bien sûr que oui ! Ils sont remarquablement beaux en hiver, mademoiselle Barrett.

— C'est vrai ! Tu dois *absolument* les voir, avait ajouté Frederica avec empressement, tandis qu'Helene courait déjà pour sonner la cloche.

Un valet de pied était alors presque immédiatement entré avec le manteau et la coiffe de velours bleu de Gwen, ainsi que le chapeau et le manteau d'Adrian, comme s'il avait attendu la cloche juste à l'extérieur de la pièce.

Gwen avait posé un regard interrogateur sur Gran alors qu'Adrian lui prenait le bras et la conduisait vers la sortie, mais celle-ci s'était contentée de lui sourire.

— Je l'avais bien senti, répondit-elle à Adrian, essayant d'apaiser sa nervosité. Du moins, j'espérais qu'il s'agissait de cela, plutôt que d'imaginer que ta famille avait décidé que je devais partir immédiatement.

Il sourit d'un air contrit.

— Tu as vu clair dans leur jeu, n'est-ce pas? J'ai été confronté à un choix terrible. Leur confier que je voulais un moment seul avec toi et bénéficier de leur aide, ou ne rien dire et risquer une dispute pour que nous restions à l'intérieur, là où il fait chaud.

Il lui tenait toujours la main, alors Gwen serra ses doigts.

— Je n'ai pas froid avec toi.

Adrian se tourna face à Gwen. Son visage était devenu très cher à la jeune femme. Ses yeux étaient chaleureux lorsqu'il la regardait, et ses doigts la démangeaient toujours de repousser les vagues indisciplinées de cheveux sombres qui refusaient de rester en arrière de son front.

— Nous nous connaissons depuis un mois, maintenant, dit-il, soudainement sérieux.

Elle laissa échapper un petit rire gêné.

— J'ai du mal à y croire!

Jamais dans sa vie un mois ne s'était écoulé aussi rapidement et dans un tel bonheur. Adrian cligna des yeux.

— J'espère que ce n'est pas une mauvaise chose!

Elle posa sa main libre sur la sienne, de sorte que leurs quatre mains étaient jointes

— Oh, non! Ce mois a été merveilleux, le rassura-t-elle, puis elle hésita, avant de poursuivre sur un coup de tête. En vérité, j'ai du mal à me souvenir d'un temps où je ne te connaissais pas... et je n'en ai pas envie. Te rencontrer à l'auberge *Two Owls* a sans doute été le plus grand coup de chance de toute ma vie.

Il afficha un petit sourire.

— Ma chère Gwen!

Puis il rit, et prit son visage entre ses mains pour l'embrasser. Gwen se pressa contre lui sans hésiter. Il l'avait embrassée depuis Noël, mais jamais dans une telle intimité. Son corps réagit avec empressement. Elle avait passé beaucoup trop de temps à penser à cette nuit qu'ils avaient passée dans les bras l'un de l'autre, à se procurer du plaisir, à s'étreindre. Tous les baisers échangés depuis lors l'avaient laissée agitée et impatiente de vivre une autre nuit comme celle-ci.

— Tu es en train de gâcher mon discours, murmura-t-il, les doigts dans les cheveux de la jeune femme, ses lèvres contre son oreille.

Sa magnifique coiffe neuve avait été délogée, et gisait sur le sol derrière elle, mais elle l'avait à peine remarqué.

Gwen cambra le dos et sourit d'un air rêveur.

— Quel discours ?

— Mmm ? répondit-il, lui mordillant le lobe de l'oreille. Oh ! Ce discours...

Adrian l'attira plus près de lui, enroulant ses deux bras autour de sa taille.

— Guinevere, ma chérie, je ne peux imaginer ma vie sans toi. Je remercie chaque jour le destin de m'avoir poussé à t'offrir une place dans mon cabriolet, et je le remercie encore parce que tu as accepté. Je bénis la tempête de neige qui nous a permis de rester ensemble, et j'ai même une pensée affectueuse pour le *Black Hart*, si inhospitalier. Ma famille t'adore, ta grand-mère m'a donné sa bénédiction, et mon grand-père, qui, je le jure, s'est accroché à la vie uniquement pour avoir le privilège de te rencontrer, vient de me dire aujourd'hui que je serais un imbécile si j'attendais un jour de plus pour te demander d'être ma femme.

Gwen n'arrivait plus à bouger.

— Je t'aime, murmura-t-il, la joue pressée contre la sienne. S'il te plaît, épouse-moi.

Rougissante, troublée, délirante de bonheur, elle attira sa bouche contre la sienne.

— Oh...! Oui ! souffla-t-elle contre ses lèvres. Oui !

— Vraiment? s'exclama-t-il avec un sourire si large qu'une fossette apparut sur sa joue.

— Oui! confirma-t-elle, l'embrassant à nouveau en riant. J'ai commencé à tomber amoureuse de toi dès l'instant de notre rencontre.

Les yeux d'Adrian devinrent plus concentrés, même s'il souriait toujours.

— Donc, tu ne veux pas de longues fiançailles?

Le visage écarlate, Gwen se contenta de hocher la tête. Le sourire d'Adrian s'estompa.

— Très bien, murmura-t-il.

Il tendit une main et dénoua les rideaux, qui se refermèrent. Ils avaient l'impression d'être à nouveau enfermés dans leur propre monde, et le pouls de Gwen s'accéléra. Seule avec Adrian. L'homme qu'elle aimait. Qui l'aimait en retour. Qui serait bientôt son mari.

— Je comprends pourquoi c'est ton endroit préféré à Highvale, remarqua-t-elle sur un coup de tête. Peut-être pourrions-nous... le rendre encore plus mémorable. Maintenant que nous ne sommes plus deux étrangers qui, d'une manière ou d'une autre, se sont toujours connus, mais deux amis qui, d'une manière ou d'une autre, se sont toujours aimés.

Le regard de son fiancé devint brûlant.

— Tout ce que tu voudras, déclara-t-il avec ferveur, puis il la souleva dans ses bras et la porta jusqu'au cocon de coussins.

À PROPOS DE L'AUTEUR

Caroline Linden savait depuis son jeune âge qu'elle était une lectrice mais pas écrivain. Malgré son amour des livres d'Alice Roy et Trixie Belden, elle a étudié la physique et rêvait de devenir astronaute. Après avoir obtenu son diplôme en mathématiques à Harvard College, elle a créé des logiciels pour une entreprise de services financiers, tout en lisant autant que possible—mais surtout des romans d'amour. Ce n'est qu'après avoir eu des enfants, quand elle s'est retrouvée avec rien d'autre que les livres illustrés à lire, elle a commencé à écrire. À sa grande surprise, le texte est devenu un roman entier—et c'était beaucoup plus amusant que d'écrire des logiciels. Onze ans, quatorze livres, trois championnats de Red Sox et un chien plus tard, elle n'a jamais été aussi contente de son choix. Elle habite en Nouvelle-Angleterre avec sa famille.

Du même autrice